中國語言文字研究輯刊

二二編

許學仁 主編

第15冊

秦簡書體文字研究（第四冊）

葉書珊 著

花木蘭文化事業有限公司

國家圖書館出版品預行編目資料

秦簡書體文字研究（第四冊）／葉書珊 著 -- 初版 -- 新北市：
花木蘭文化事業有限公司，2022〔民111〕
目 4+192 面；21×29.7 公分
（中國語言文字研究輯刊　二二編；第15冊）
ISBN 978-986-518-841-2（精裝）
1.CST：簡牘文字 2.CST：書體 3.CST：研究考訂
802.08　　110022448

ISBN-978-986-518-841-2

中國語言文字研究輯刊
二二編　第十五冊　ISBN：978-986-518-841-2

秦簡書體文字研究（第四冊）

作　者　葉書珊
主　編　許學仁
總 編 輯　杜潔祥
副總編輯　楊嘉樂
編輯主任　許郁翎
編　輯　張雅淋、潘玟靜、劉子瑄　美術編輯　陳逸婷
出　版　花木蘭文化事業有限公司
發 行 人　高小娟
聯絡地址　235 新北市中和區中安街七二號十三樓
電話：02-2923-1455／傳真：02-2923-1452
網　址　http://www.huamulan.tw 信箱 service@huamulans.com
印　刷　普羅文化出版廣告事業
初　版　2022年3月
定　價　二二編28冊（精裝）　台幣92,000元　

秦簡書體文字研究（第四冊）

葉書珊 著

目次

表格目次

圖版目次

十一畫

	字例									頁碼
祭	 嶽一·為吏 32									3
	 睡·日甲 10	 睡·日乙 15	 睡·日乙 20A+19B+20B	 睡·日乙 24	 睡·日乙 155					
琅	 嶽五·律貳 75									18
莊	 里 8.236	 里 8.461	 里 8.1612	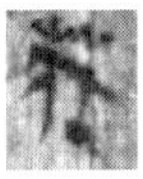 里 9.1482						22
	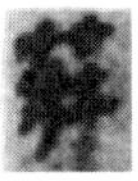 睡·葉 5									
莠	 睡·日甲 104 背									23
莞	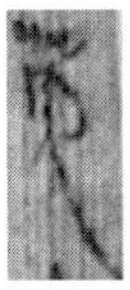 里 8.1686	 里 9.14	 里 9.1261	 里 9.3294						28
莨	 放·日乙 192									31

茭	 里 8.22 54									39
莎	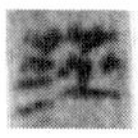 睡·日甲 102 背									46
荼	 里 8.15 32 背									47
	 龍·35	 龍·36								
莽	 睡·封 22									48
莫	 里 8.647	 里 8.10 25	 里 8.13 38	 里 9.23 背	 里 9.31	 里 9.14 08 背				48
	 嶽一· 為吏 68	 嶽四· 律壹 12	 嶽五· 律貳 22							
	 睡·語 3	 睡·秦 種 184	 睡·為 5							
	 放·日 甲 26	 放·日 乙 59	 放·日 乙 271							

	 周·245	 周·321								
悉	 嶽一·為吏 46	 嶽四·律壹 149								50
	 里 8.336									
	 睡·為 4									
啗	 放·日乙 235									56
牽	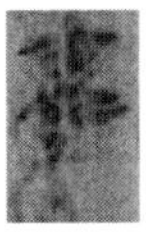 嶽三·得 180									52
	 睡·法 29	 睡·日甲 49	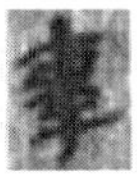 睡·日甲 55							
庳	 放·日乙 139									56
	 里 9.1117									

問	 嶽二・數 4	 嶽二・數 177	 嶽三・芮 63	 嶽三・譊 141	 嶽四・律壹 137	 嶽五・律貳 168				57
	 里 9.1490									
	 睡・秦種 133	 睡・法 94	 睡・法 98							
	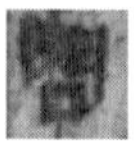 放・日乙 345									
	 周・235									
唯	 里 8.1252	 里 8.1552								57
	 嶽一・為吏 41	 嶽二・數 179	 嶽五・律貳 276							
	 睡・秦種 5	 睡・秦種 171	 睡・效 30	 睡・日甲 51	 睡・日乙 137	 睡・日乙 146				
逝	 里 8.1510 背	 里 9.1411 背	 里 9.1857 背	 里 9.2230						66
造	 里 6.31	 里 8.19	 里 8.209	 里 8.896	 里 8.1791	 里 9.6				71

	 嶽二・數 122	 嶽二・數 123	 嶽三・猩 55	 嶽三・癸 2						
	 睡・秦種 182	 睡・秦雜 1	 睡・法 113	 睡・為 15	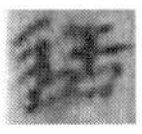 睡・日甲 163					
	 周・253									
逮	 睡・葉 3									72
徙	 嶽一・為吏 72	 嶽四・律壹 140	 嶽四・律壹 209	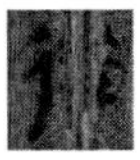 嶽五・律貳 12						72
	 睡・秦種 162	 睡・效 19	 睡・日甲 36	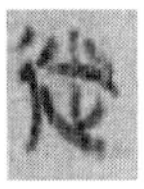 睡・日甲 41 背	 睡・日甲 116	 睡・日甲 160 背	 睡・日乙 228			
	 里 8.63	 里 8.863	 里 8.1001	 里 8.1349	 里 9.1112 背	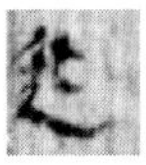 里 9.1408	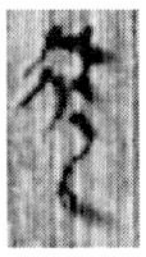 里 9.1581	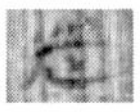 里 9.932		
	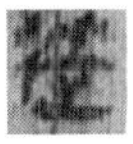 放・日乙 128	 放・日乙 347								
	 龍・181	 龍・197								
通	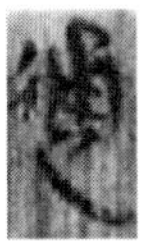 里 8.2014	 里 9.1520	 里 9.2015							72

	 嶽一·為吏 59									
	 睡·法 181									
逢	 里 8.538									72
	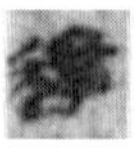 睡·日甲 76	 睡·日甲 115 背								
	 嶽三·得 178	 嶽三·得 181	 嶽三·綰 243							
	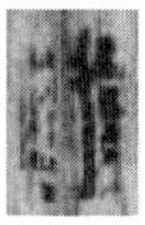 放·日乙 103	 放·日乙 259+245								
逋	 嶽四·律壹 68	 嶽四·律壹 78	 嶽四·律壹 240							74
	 睡·封 14									
	 放·日乙 296									

連	 嶽五·律貳112									74
	 睡·日甲141背									
	 里9.198	 里9.495	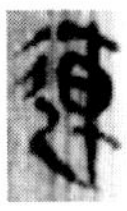 里9.1161	 里9.1310						
	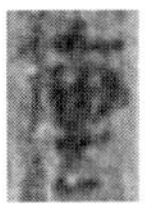 放·日乙224	 放·日乙234								
	 龍·47									
迺	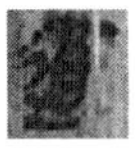 嶽三·得179									74
逐	 里8.672背	 里8.701背	 里8.849	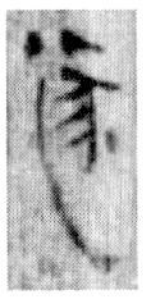 里9.572	 里9.807					74
	 睡·日甲148背	 睡·日乙199								
	 嶽五·律貳193									

	 放・日乙 288									
	 周・187	周・191	周・193	周・221	周・235					
得	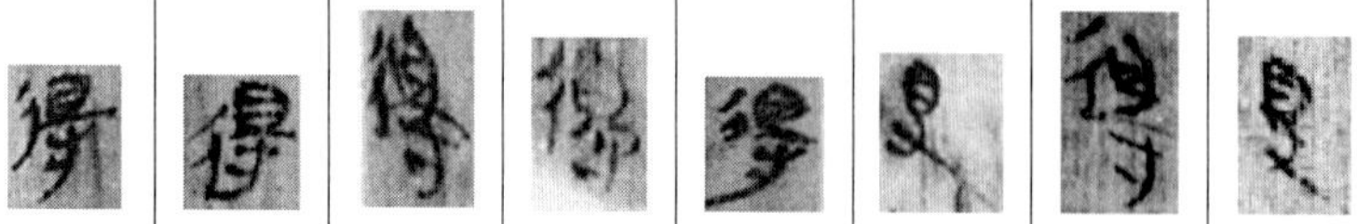 里 5.17	里 8.1712	里 8.125	里 8.194	里 8.659	里 8.133	里 8.2092	里 9.22 背		77
	 嶽一・為吏 87	嶽二・數 5	嶽二・數 205	嶽三・癸 18	嶽三・芮 85	嶽三・同 148	嶽四・律壹 15	嶽四・律壹 47	嶽四·律壹 213	
	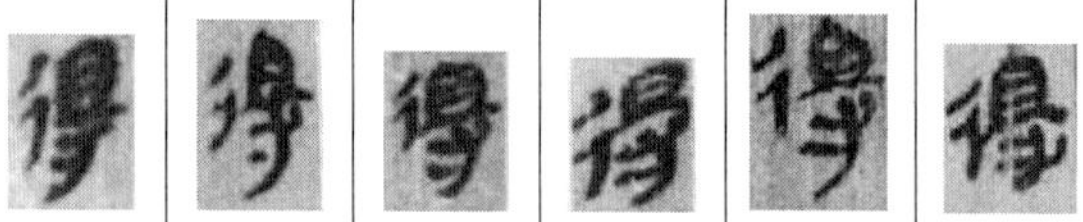 睡・秦種 62	睡・效 18	睡・秦雜 14	睡・法 23	睡・封 74	睡・日乙 150				
	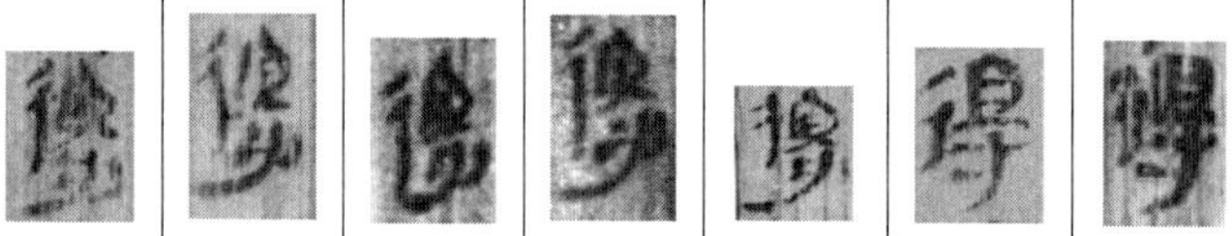 放・日甲 14	放・日甲 18	放・日甲 22	放・日甲 24	放・日甲 26	放・日乙 40B	放・日乙 101			
	 周・187	周・190	周・193							
	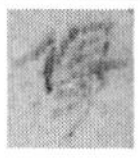 山・2									
術	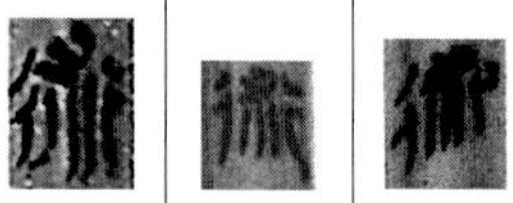 嶽一・為吏 78	嶽三・綰 242	嶽四·律壹 124							78
	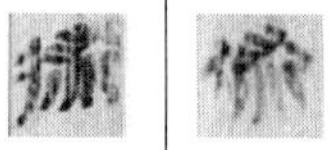 睡・法 101	睡・為 37								

御	 里 8.152	 里 8.532	 里 8.668	 里 8.757						78
	 睡·日甲 127 背	 睡·日乙 181								
	 嶽三·癸 14	 嶽四·律壹 308	 嶽五·律貳 14	 嶽五·律貳 93	 嶽五·律貳 157					
	 睡·秦種 115	 睡·秦種 182	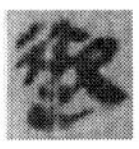 睡·秦雜 3							
	 放·志 1									
	 周·241									
商	 嶽一·35 質 28	 嶽四·律壹 53								88
	 睡·日甲 120 背	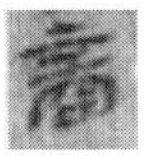 睡·日甲 145								
	 里 9.1899	 里 9.475								
	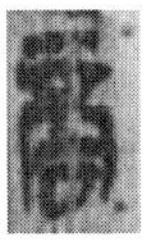 放·日乙 204									

笱	 嶽一・為吏 59								88
	 睡・日甲 10 背								
	 周・326	 周・332	 周・349	 周・352					
許	 嶽三・芮 66	 嶽三・學 230	 嶽四・律壹 209	 嶽五・律貳 7	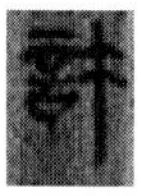 嶽五・律貳 292				90
	 睡・秦種 61	 睡・秦種 136	 睡・秦種 156	 睡・法 176	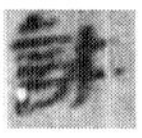 睡・日甲 160	 睡・日甲 161			
	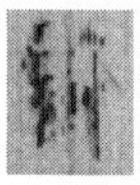 放・日乙 60	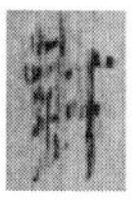 放・日甲 62	 放・日乙 41	 放・日乙 43					
	 周・251								
訢	 里 9.578	 里 9.744	 里 9.2212						94

章	 里 8.100.1	 里 8.648背	 里 8.682	 里 9.268	 里 9.728	 里 9.1331				103
	 嶽五·律貳 109									
	 睡·為25	 睡·日甲 91 背								
	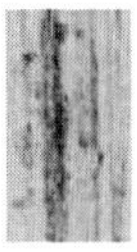 青·16									
異	 里 8.355	 里 8.1804								105
	 嶽五·律貳 5	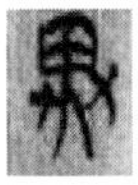 嶽五·律貳 157								
	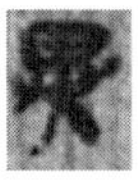 睡·秦種 35	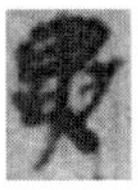 睡·秦種 65	 睡·法121	 睡·法172	 睡·為46					
	 周·350									
訟	 嶽五·律貳 188									108

	 里 9.314									
	 放・日乙 263	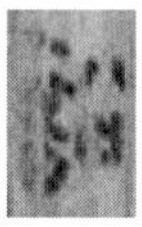 放・日乙 300	 放・日乙 360A+162B							
	 周・187	 周・189	 周・191							
勒	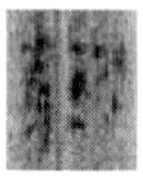 嶽五・律貳 111									111
孰	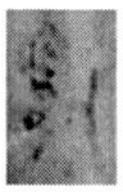 里 5.6	 里 8.1230								114
	 睡・秦種 148	 睡・為 26	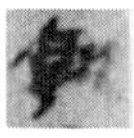 睡・日甲 113 背							
	 放・日乙 250									
	 周・375									
埶	 里 9.2089									114
曼	 里 8.1523 背	 里 9.1780	 里 9.1818							116

	 睡・封 23									
	 放・日 乙 271									
晝	 嶽一・ 占夢 1									118
	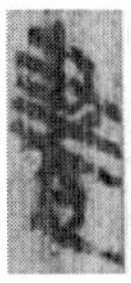 睡・封 95	 睡・日 甲 160	 睡・日 乙 157							
	 放・日 乙 38	 放・日 乙 40B	 放・日 乙 42B	 放・日 乙 43	 放・日 甲 55	 放・日 甲 57				
毆	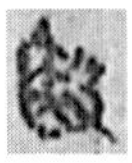 里 8.144	 里 8.539	 里 8.20 88	 里 8.24 51	 里 8.11 07	 里 8.11 40				120
	 嶽三・ 癸 24	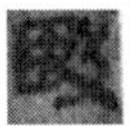 嶽三・ 同 147	 嶽五・ 律貳 11							
	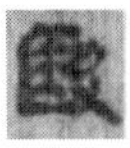 睡·語 9	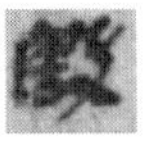 睡・秦 種 24	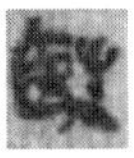 睡・秦 種 191	 睡・效 18	 睡・法 187	 睡・為 47				
	 放・日 甲 13	 放・日 甲 21	 放・日 甲 22	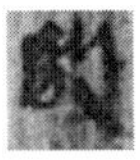 放・日 甲 29	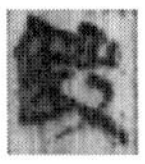 放・日 乙 155					

	 龍·26									
	 周·132	 周·369								
殺	 嶽三·癸 22	 嶽三·尸 37	 嶽三·魏167	 嶽四·律壹 13						121
	 睡·秦種 7	 睡·法 66	 睡·法 121	 睡·日甲 40	 睡·日甲 63 背					
	 放·日乙 95	 放·日乙 98	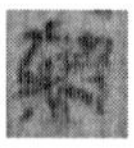 放·日乙 272							
	 龍·28	 龍·79	 龍·123							
	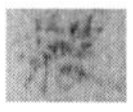 山·1	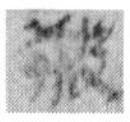 山·1	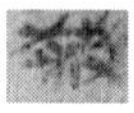 山·1							
將	 里 8.10	 里 8.529 背	 里 8.1456	 里 8.1552	 里 8.57	 里 8.1252	 里 9.605			122
	 嶽三·猩 57	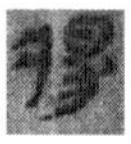 嶽三·魏155	 嶽三·十六 211	 嶽四·律壹 25	 嶽四·律壹 49	 嶽五·律貳 13	 嶽五·律貳 46			

	 睡・秦種 6	 睡・秦種 145	 睡・效 46	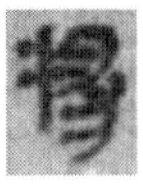 睡・秦雜 13	 睡・法 208	 睡・為 13	 睡・日甲 130			
	 放・日乙 4	 放・日乙 162A+93A								
專	 里 8.380									122
啟	 里 8.610	 里 8.1078	 里 9.963							123
	 嶽四・律壹 143									
	 睡・葉 32									
	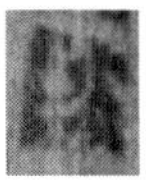 放・日乙 133	 放・日乙 208	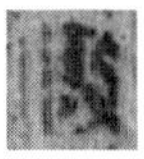 放・日乙 236							
啓	 里 8.157	 里 8.250	 里 8.677	 里 8.1224	 里 8.1445					123
	 睡・法 30	 睡・日甲 96 背	 睡・日乙 163							

莒	 里 8.607										125
赦	 里 8.16 33										125
	 嶽三・ 田 203	 嶽五・律 貳 166									
	 睡・法 37	 睡・法 125	 睡・為 1								
救	 里 8.22 59										125
	 嶽二・ 數 33	 嶽二・ 數 193									
	 睡・封 85	 睡・日甲 126 背									
寇	 里 8.19	 里 8.482	 里 8.756	 里 8.851							126
	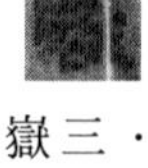 嶽三・ 魏155	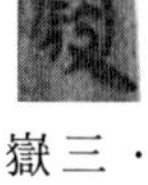 嶽三・ 綰 243	 嶽四・律 壹 290	 嶽四・律 壹 329	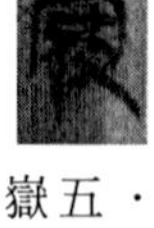 嶽五・ 律貳 10	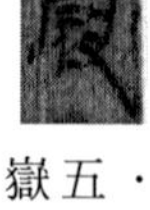 嶽五・ 律貳 11	 嶽五・律 貳 322				
	 睡・秦 種 146	 睡・秦 種 150	 睡・秦 雜 38	 睡・法 98	 睡・法 117	 睡・日 乙 15	 睡・日 乙 130	 睡・日 乙 189			

	 放・日乙276									
	 山・2									
敗	 里8.454	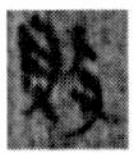 里8.645	 里8.942	 里9.3305						126
	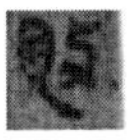 嶽三・綰241	 嶽五・律貳95								
	 睡・效24	 睡・法158	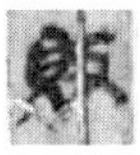 睡・日甲146背	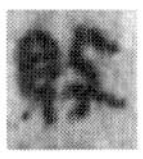 睡・日甲166背						
	 青・16									
	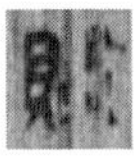 放・日乙278									
	 周・300									
教	 嶽五・律貳305									128
	 睡・語2	 睡・為24								
庸	 里8.1245	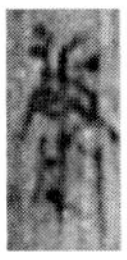 里8.2015	 里9.989							129

	 嶽一·為吏 86	 嶽三·猩 55	 嶽三·芮 64	 嶽三·魏159						
	 睡·封 2	 睡·封 18								
爽	 里 8.429	 里 9.2283 背								129
	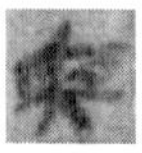 睡·日甲 113 背									
	 嶽一·34 質 16	 嶽一·34 質 60								
眯	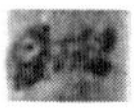 睡·日甲 143 背									136
習	 里 8.355	 里 9.2464 背								139
	 睡·為 40									
翏	 睡·法 51	 睡·日乙 157								141

	 里 9.78									
鳥	 里 8.15 15	 里 8.15 62	 里 9.125	 里 9.14 62	 里 9.22 38	 里 9.33 37				149
	 睡·日甲 108 背	 睡·日甲 121 背	 睡·日甲 136 背							
	 嶽三· 猩 51									
	 放·日 乙 296									
	 龍·30									
焉	 里 8.228									159
	 嶽二· 數 151	 嶽三· 綰 244	 嶽四· 律 壹 370	 嶽五· 律 貳 247						
	 睡·秦 種 24	 睡·秦 種 48	 睡·秦 雜 11	 睡·法 185	 睡·封 59	 睡·封 91	 睡·日 甲 98 背	 睡·日甲 110 背	 睡·日甲 129 背	

	 睡·日乙 42	 睡·日乙 113								
	 放·日乙 3									
	 龍·148									
畢	 嶽一·為吏 33									160
	 睡·為 12	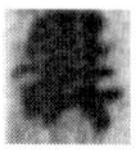 睡·日甲 54								
	 放·日乙 66	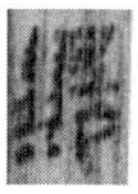 放·日乙 169	 放·日甲 30A+32B							
	 周·149	 周·223								
敖	 嶽四·律壹 78	 嶽四·律壹 157								162
	 睡·秦雜 3	 睡·法 165								

脣	 睡・法 83									169
	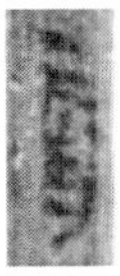 放・日乙 224									
脫	 嶽五・律貳 23									173
	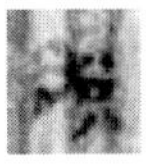 里 9.1416	 里 9.2283 背								
	 睡・效 58	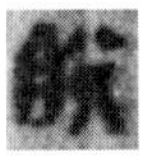 睡・封 11	 睡・封 71							
	 放・日乙 217									
脯	 睡・日甲 76	 睡・日乙 187								176
脩	 里 8.119									176
	 嶽一・為吏 61									
	 睡·語 4	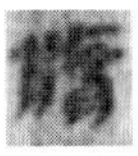 睡・日甲 76	 睡・日乙 187							

	 青・16									
	 周・53	 周・368								
副	 里 8.454	 里 9.328	 里 9.479 背							181
符	 里 8.685	 里 8.21 52								193
	 嶽三・綰 240	 嶽四・律壹 177								
	 睡・秦雜 4	 睡・法 146	 睡・為 32	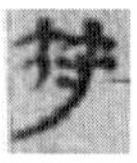 睡・日乙 104	 睡・日乙 106					
	 龍・2	 龍・4								
笥	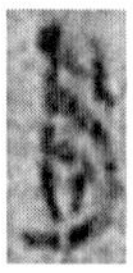 里 8.145	 里 8.906	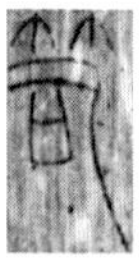 里 8.15 32	 里 9.14	 里 9.27	 里 9.23 12	 里 9.23 13	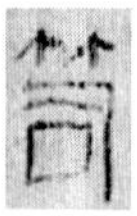 里 9.23 23		194
	 嶽一・占夢 35									

笞	 里 8.13 79	 里 8.19 43	 里 9.32 11							198
	 嶽四・ 律壹 47	 嶽四・ 律壹 48	 嶽四・ 律壹 86							
第	  里 8.957	 里 8.13 63	 里 9.802							201
	 嶽四・律 壹 307	 嶽四・律 壹 340	 嶽四・律 壹 390	 嶽五・ 律貳 98	 嶽五・ 律貳 99					
曹	 里 5.6	 里 8.98	 里 8.241	 里 8.480	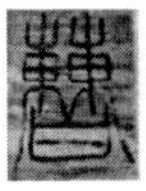 里 8.12 01	 里 9.190	 里 9.23 09	 里 9.23 23		205
	 嶽三・ 芮 64									
	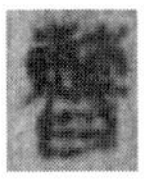 睡・語 9	 睡・秦 雜 17	 睡・法 199							
	 周・13	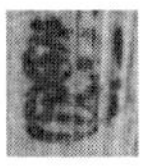 周・49								

庨	 里 9.3070									211
盛	 里 8.247	 里 8.478								213
	 嶽三・魏162									
	 周・309	 周・341								
麥	 里 8.258	 里 9.1039	 里 9.1185	 里 9.2301						234
	 嶽二・數 84	 嶽二・數 103	 嶽二・數 155							
	 睡・秦種 38	 睡・法 153	 睡・日甲 16 背	 睡・日甲 19	 睡・日乙 46	 睡・日乙 65				
	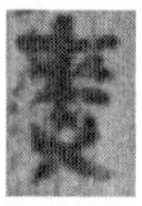 放・日乙 164									
梅	 里 8.1664									241

梓	 里 8.71	 里 8.1445								244
梧	 里 8.376	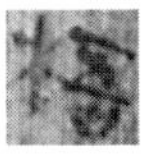 里 8.758	 里 9.2283							249
	 嶽五・律貳 56	 嶽五・律貳 17	 嶽五・律貳 58							
梗	 嶽四・律壹 109									250
	 睡・日甲 96 背									
梃	 睡・法 91									252
	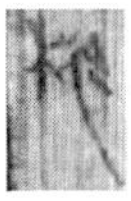 里 9.2900									
桯	 龍・185									260
桮	 睡・封 93									263
	 周・369									

梯	 里 8.478									265
梁	 放·志 1									270
	 里 9.31 66 背									
梜	 里 8.145	 里 9.22 89								270
梏	 嶽五·律 貳 223									272
產	 里 8.10 0.2	 里 8.534	 里 8.894	 里 8.14 10	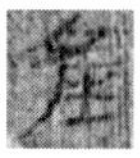 里 8.22 14	 里 9.710				276
	 嶽一・ 為吏 19	 嶽一・ 占夢 24	 嶽三・ 尸 37	 嶽四・ 律壹 6	 嶽五・ 律貳 40	 嶽五·律 貳 235				
	 睡・法 108	 睡・為 35	 睡・日 甲 16							
	 龍・38									

	 周・145	 周・379								
桼	 里8.529	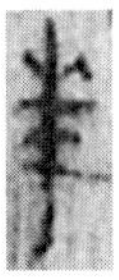 里8.1900	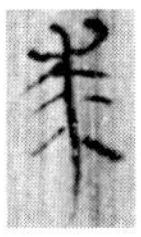 里9.717	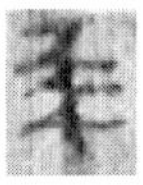 里9.1124	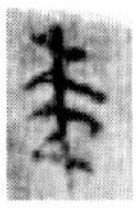 里9.1136					278
	 睡・日甲68									
巢	 嶽一・為吏84									278
貨	 嶽一・為吏46	 嶽三・癸30	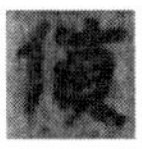 嶽三・田203							282
	 睡・效2	 睡・法209	 睡・為50	 睡・日甲101	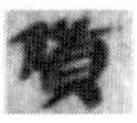 睡・日甲120	 睡・日乙18	 睡・日甲60	 睡・日甲95	 睡・日甲241	
	 周・219									
	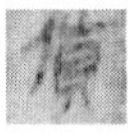 山・1									
責	 里8.63	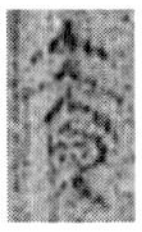 里8.284	 里8.665	 里8.1034						284

	 嶽一・為吏29	 嶽三・猩51	 嶽三・芮77	 嶽三・芮78	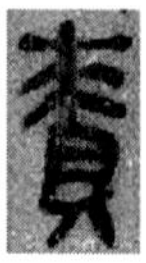 嶽四・律壹263	 嶽四・律壹308				
	 睡・秦種133	 睡・秦種140	 睡・效41	 睡・為13	 睡・日甲90背					
	 放・日甲20	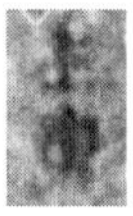 放・日甲40	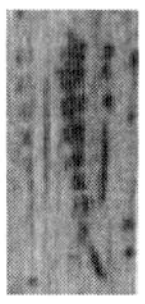 放・日乙328							
販	 里8.393	 里8.1800	 里8.2031							284
	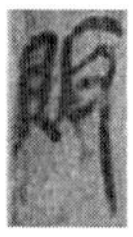 嶽三・芮74	 嶽四・律壹125	 嶽五・律貳163	 嶽五・律貳164						
	 放・日乙270									
	 龍・26	 龍・180								
貧	 里8.665									285

	 嶽四·律壹245	 嶽四·律壹329								
	 睡·秦種82	 睡·為36	 睡·為45	 睡·日乙101	 睡·日乙102	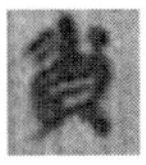 睡·日甲145				
	 放·日乙252									
都	 里8.6	 里8.38	 里 8.66背	 里8.142	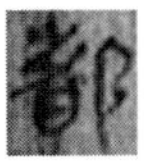 里8.247	 里9.2312				286
	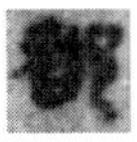 睡·封49	 睡·日甲90背	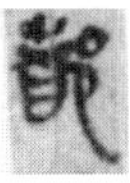 睡·秦種20	 睡·秦種73	 睡·效52	 睡·法95				
	 嶽三·魏153									
	 放·日乙185									
	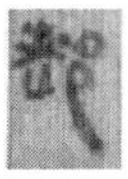 周·14	 周·18								
部	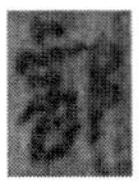 里8.269	 里8.573	 里9.479背							289

	 嶽一・為吏 10	 嶽三・癸 4	 嶽四・律壹 56	 嶽四・律壹 140	 嶽四・律壹 280					
	 睡・秦種 12	 睡・秦雜 14	 睡・法 157							
	 龍・10A	 龍・139	 龍・152							
鄴	 里 8.75	 里 8.166 背	 里 8.1023							294
郭	 嶽一・為吏 19	 嶽一・占夢 27								301
	 里 9.1233									
	 睡・為 8									
郤	 里 8.665 背	 里 8.781	 里 9.763	 里 9.1194						302
晦	 嶽一・占夢 5	 嶽三・得 178	 嶽五・律貳 55							308

	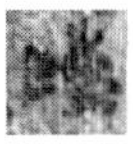 里9.479									
	 睡・封73									
	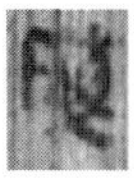 放・日乙297									
	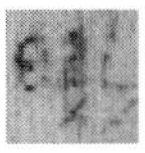 周・320									
旌	 里8.26	 里8.1031	 里8.1066	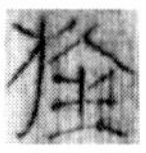 里9.1513						312
旋	 睡・封65									314
族	 嶽五・律貳77									315
	 里9.885									
	 睡・為25									
	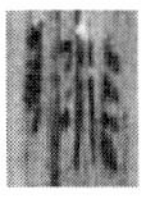 放・日乙180	 放・日乙201								
晨	 里8.51	 里8.77								316

	 睡・日甲 77	 睡・日乙 105								
	 放・日乙 211	 放・日乙 235	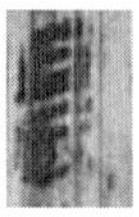 放・日乙 344							
參	 里 8.141	 里 8.771	 里 8.913	 里 9.14	 里 9.892					316
	 嶽二・數 139	 嶽二・數 149	 嶽四・律壹 258							
	 睡・秦種 55	 睡・秦種 59	 睡・秦種 133	 睡・效 6	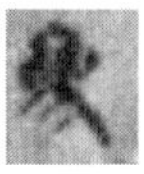 睡・日甲 165 背					
	 放・日乙 299	 放・日乙 321								
	 周・151	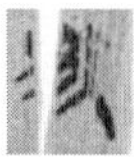 周・227	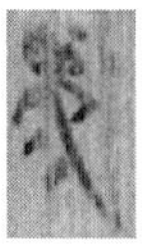 周・374							
桼	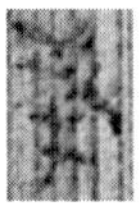 里 8.1452	 里 8.2014	 里 9.1113 背	 里 9.1258						325
	 嶽二・數 113	 嶽二・數 209								

	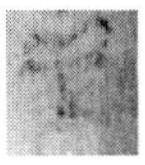 山·2									
移	 里 8.50	 里 8.122	 里 8.135	 里 8.757						326
	 嶽一·為吏 72	 嶽三·癸 15	 嶽四·律壹 247	 嶽四·律壹 261	 嶽五·律貳 48					
	 睡·秦種 44	 睡·秦種 174	 睡·效 34	 睡·效 49						
康	 嶽一·35 質 12	 嶽三·癸 14								327
	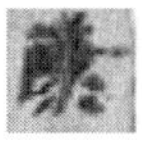 睡·日甲 108 背									
	 里 9.15 83									
	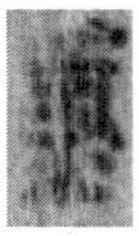 放·日乙 259+245									
舂	 里 8.145	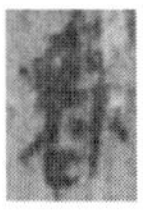 里 8.216	 里 8.15 76	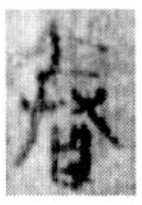 里 9.14 23 背						337
	 嶽二·數 9	 嶽四·律壹 25	 嶽四·律壹 73	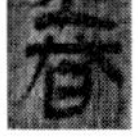 嶽五·律貳 27						

	 睡・秦種 95	 睡・秦種 145	 睡・法 132							
	 龍・18	 龍・42A								
麻	 嶽二・數 106									339
	 睡・秦種 43	 睡・日甲 16 背	 睡・日甲 20							
	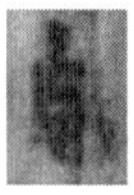 放・日乙 164									
宿	 里 5.1	 里 8.1517	 里 9.644							344
	 嶽一・27 質 30	 嶽一・27 質 33	 嶽一・35 質 34	 嶽三・同 143						
	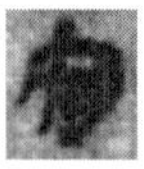 睡・秦種 196	 睡・秦雜 34								
	 放・日乙 52									
	 周・2	 周・12	 周・14	 周・18	 周・54	 周・243	 周・244			

寄	 里 8.1293 背	 里 8.1734	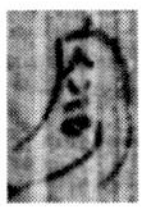 里 8.1883	 里 9.15 背						345
	 嶽三・學 218	 嶽五・律貳 74								
	 睡・法 200	 睡・日甲 58	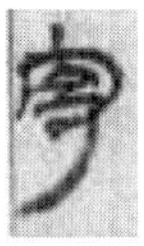 睡・日乙 42	 睡・日乙 121	 睡・日乙 131					
窓	 嶽三・暨 98	 嶽三・暨 96								348
疵	 里8.657 背	 里 8.2008	 里9.345							352
	 睡・日甲 87 背	 睡・日甲 98 背	 睡・日甲 142	 睡・日乙 238						
	 嶽五・律貳 19									
	 放・日甲 22	 放・日乙 55								
痏	 嶽三・魏151									354

	 睡・法 87	 睡・封 35								
痍	 睡・法 208									355
帶	 嶽一・占夢 13									361
	 睡・日乙 15									
	 里 9.1934									
	 放・日乙 362									
	 山・2									
帷	  里 9.2291									362
常	 里 8.1943									362

	 睡．日甲46背	 睡．日甲49背	 睡．日乙23							
	 嶽一．34質53	 嶽一．占夢27								
	 放．日乙7									
	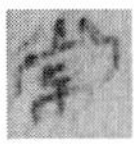 山．2									
潎	 嶽三．魏162	 嶽四．律壹4								367
	 里9.746	 里9.1164	 里9.1617	 里9.1934						
	 睡．秦種15	 睡．秦種104	 睡．秦種105	 睡．日甲162背						
傑	 里8.1442背									371
偕	 睡．法12  里8.1558	 睡．秦種37  里9.1264								376

	 嶽一·34質63	 嶽三·得184	 嶽三·綰241	 嶽四·律壹190	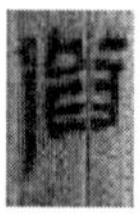 嶽五·律貳187				
	 放·日乙275								
假	 里6.4	 里8.135	 里8.349	 里8.1560					378
	 嶽四·律壹241	 嶽四·律壹306							
便	 里8.141背								379
偏	 里8.766	 里8.2169							382
	 嶽五·律貳24								
偽	 里8.209	 里9.881							383
	 嶽一·占夢6	 嶽三·學230							
	 睡·秦種174	 睡·效34	 睡·法59	 睡·法180	 睡·日甲119背	 睡·日甲137背	 睡·日甲142背		

偃	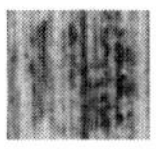 睡·封56									385
頃	 里8.1519背									389
	 嶽二·數62	 嶽四·律壹106								
	 睡·秦種1	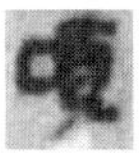 睡·秦種2								
	 青·16									
從	 里8.21	 里8.687	 里8.1269	 里8.63	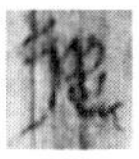 里8.69	 里8.131	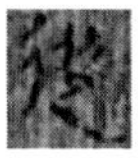 里8.625	 里8.777	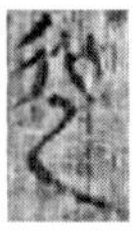 里8.2209	390
	 里9.1171									
	 嶽二·數64	 嶽二·數160	 嶽三·猩52	 嶽三·學233	 嶽四·律壹30	 嶽四·律壹49	 嶽四·律壹205	 嶽四·律壹152	 嶽四·律壹221	
	 嶽五·律貳15	 嶽五·律貳26								
	 睡·葉22	 睡·語7	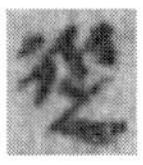 睡·秦種191	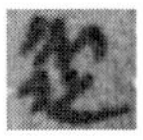 睡·封57	 睡·為19					

	放・日甲23	放・日甲37	放・日乙57	放・日乙321						
	周・49	周・132	周・357							
眾	里8.1555									391
	嶽一・占夢37									
	睡・秦種78	睡・日甲5	睡・日甲81背	睡・法52						
	放・日甲21	放・日乙21								
殷	里8.2006背	里8.2063	里9.445	里9.873	里9.1159					392
袍	嶽四・律壹384									395
	里9.209	里9.495	里9.1207	里9.2291						
袤	里8.135	里8.913	里8.1784	里8.1995	里9.1814	里9.2027				395

	 嶽二·數 176	 嶽二·數 182	 嶽二·數 184	 嶽二·數 201	 嶽二·數 180	 嶽四·律壹 365				
	 睡·秦種 66	 睡·封 57	 睡·封 67							
	 青·16									
	 放·日乙 217									
	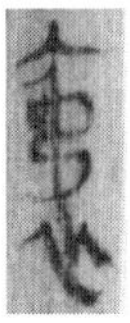 周·240									
袑	 嶽五·律貳 13									397
被	 睡·秦種 26	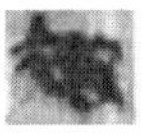 睡·日甲 26	 睡·日乙 189							398
	 里 9.1876	 里 9.1887								
衺	 里 8.2296									402

船	 里 6.4	 里 8.135	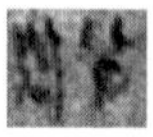 里 8.480	 里 9.454	 里 9.3216					407
	 睡・日甲 39 背									
	 嶽一・為吏 59	 嶽五・律貳 46								
欲	 里 8.103	 里 8.797	 里 8.2256	 里 8.1442 背						415
	 嶽一・為吏 40	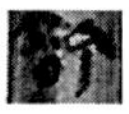 嶽一・為吏 63	 嶽一・占夢 42	 嶽一・占夢 44	 嶽三・猩 52	 嶽三・芮 69	 嶽三・魏164	 嶽二・數 29	 嶽二・數 148	
	 嶽二・數 197	 嶽五・律貳 33								
	 睡・秦種 31	 睡・秦種 61	 睡・秦雜 26	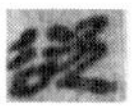 睡・法 31	 睡・法 205	 睡・為 23	 睡・為 8			
	 放・日乙 293	 放・志 4								
	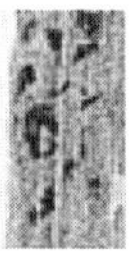 龍・30									

	 周·316	 周·319	 周·322							
崇	 嶽一·占夢 40									444
密	 里 8.1079									444
	 嶽一·為吏 75	 嶽四·律壹 84								
	 睡·為 5									
庾	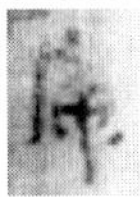 里 9.2115									448
庶	 嶽四·律壹 8	 嶽四·律壹 34	 嶽五·律貳 17	 嶽五·律貳 27						450
	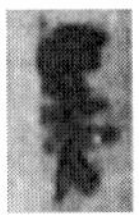 睡·秦種 151	 睡·秦種 156	 睡·法 125							
豝	 里 8.522 背									459
豚	 嶽一·占夢 16									461

	 睡・日甲10背	 睡・日甲87背								
	 周・351	 周・352								
鹿	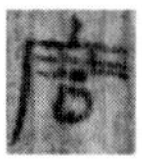 里8.713背	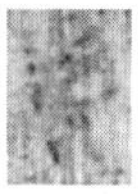 里9.453背								474
	 睡・日甲92背									
	 龍・33A									
烰	 睡・日甲116背	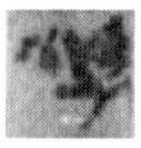 睡・日甲118背								485
尉	 里8.69	 里8.346	 里8.1785	 里8.1835	 里8.1944	 里8.699背	 里8.979	 里8.1630	 里8.565	487
	 里9.2背	 里9.8	 里9.11	 里9.12	 里9.263	 里9.1375				
	 嶽四・律壹140	 嶽四・律壹191	 嶽五・律貳145							

	 睡・秦種 159	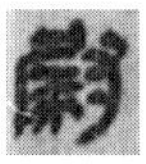 睡・效 54	 睡・秦雜 2							
票	 睡・日甲 87 背	 睡・日甲 103 背	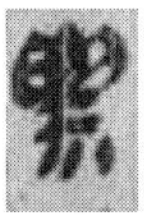 睡・日甲 110 背							489
悤	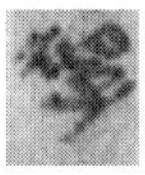 睡・日甲 9 背									495
奢	 里 8.683	 里 9.3164 背								501
執	 嶽四・律壹 27	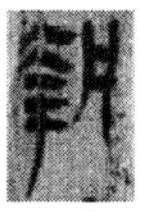 嶽五・律貳 24	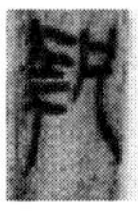 嶽五・律貳 60	 嶽五・律貳 202						501
	 睡・法 102	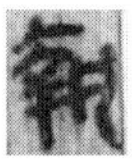 睡・封 51	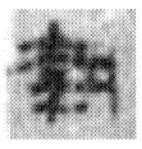 睡・日甲 16	 睡・日乙 197						
	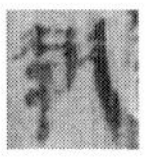 放・日甲 18									
規	 里 8.69 背	 里 8.1437 背								504
	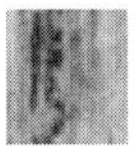 放・日乙 197									
惜	 里 8.61 背									517

恚	 嶽一·為吏 31									518
	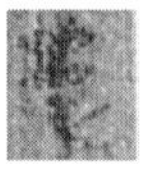 放·日乙 269									
涪	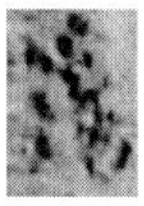 里 8.1094	 里 8.1206	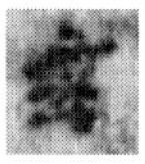 里 9.1846	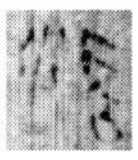 里 9.495	 里 9.815					522
深	 里 8.2088									534
	 嶽一·為吏 60	 嶽二·數 179	 嶽二·數 214	 嶽四·律壹 340						
	 睡·秦種 11	 睡·秦雜 15	 睡·法 88							
淮	 里 9.760									537
淩	 嶽一·為吏 57									540
渚	 里 8.1797	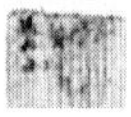 里 9.3319								545
清	 嶽四·律壹 321									555

	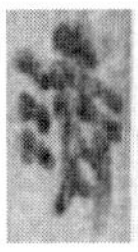 睡・日甲10背	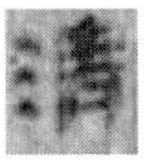 睡・日甲98	 睡・日甲132背	 睡・日乙233						
	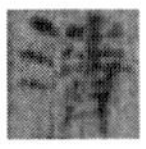 放・日乙260									
	 周・368									
淺	 里8.66	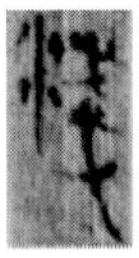 里8.1184	 里9.713	 里9.1479						556
淫	 睡・語3									556
涼	 睡・封29									567
淳	 嶽五・律貳95									569
	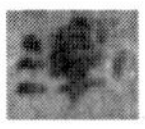 睡・日甲116背	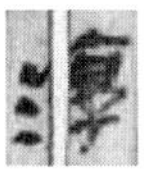 睡・日甲128背								
	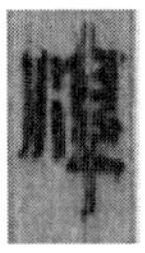 周・311	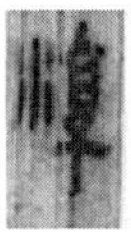 周・313	 周・375							

減	 嶽四·律壹 15									571
扁	 嶽一·為吏 24	 嶽一·為吏 57								579
	 睡·秦種 164	 睡·效 37								
魚	 里 8.769	 里 8.1022	 里 9.2315 背							580
	 嶽一·為吏 61	 嶽一·占夢 13	 嶽四·律壹 305							
	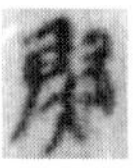 睡·秦種 6	 睡·日甲 72	 睡·日甲 85 背	 睡·日乙 174						
	 龍·224									
	 周·97									

閉	 嶽一・為吏 84	 嶽一・占夢 2	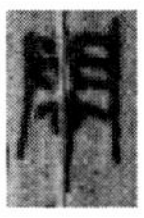 嶽五・律貳 85							596
	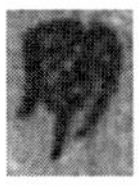 睡・秦種 196	 睡・秦種 197	 睡・日甲 14	 睡・日甲 40	 睡・日甲 96 背	 睡・日甲 103	 睡・日乙 26			
	 放・日甲 1	 放・日甲 2	 放・日甲 11							
	 周・144									
匜	 里 8.197	 里 8.656	 里 8.896							599
捧	 里 8.472									601
揹	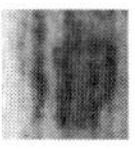 睡・語 12									601
捽	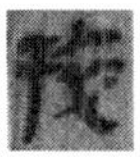 嶽三・得 178									605
	 睡・封 84									
探	 里 8.639	 里 8.985	 里 9.362	 里 9.885						611

掇	 嶽一・占夢 26									611
	 睡・為 7 伍	 睡・日甲 104 背								
掖	 睡・日甲 153									617
娶	 里 8.1083									619
	 嶽一・27 質 30									
婦	 嶽一・為吏 10	 嶽三・同 142	 嶽五・律貳 188							620
	 里 9.15									
	 睡・為 18	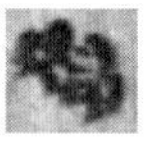 睡・日甲 42	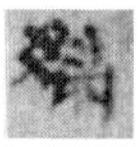 睡・日甲 156	 睡・日乙 99	 睡・日乙 117	 睡・日乙 125	 睡・日乙 255			
	 放・日乙 8									
	 周・141									

婢	 里 5.18	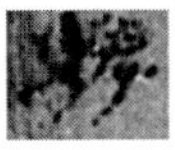 里 8.404	 里 9.28 97							622
	 嶽一·為吏 12	 嶽四·律壹 16	 嶽四·律壹 267	 嶽五·律貳 28	 嶽五·律貳 40	 嶽五·律貳 163				
婐	 里 8.19 50									625
婞	 里 8.145									629
婁	 里 9.15 31	 里 9.701 背								630
	 睡·日甲 52	 睡·日乙 83	 睡·日甲 161 背							
	 放·日乙 160	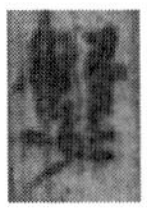 放·日乙 174	 放·日乙 283							
	 周·146	 周·217								
婥	 里 8.707 背									632

或	 里 9.23 34									636
羛	 嶽一・占夢 3	 嶽三・尸 38	 嶽三・尸 41							639
望	 嶽一・35 質 11	 嶽一・35 質 35								640
	 睡・為 3	 睡・日甲 12 背	 睡・日甲 99 背	 睡・日乙 52	 睡・日乙 118					
	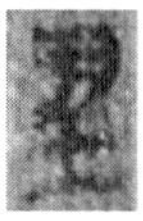 放・日乙 290									
	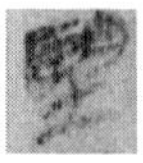 山・1									
匿	 睡・語 6	 睡・效 34	 睡・秦雜 32	 睡・法 157						641
	 嶽四・律壹 4	 嶽五・律貳 21								
	 周・333									

區	 周・55									641
匬	 里8.503									642
張	 里8.95	 里9.1104	 里9.2496							646
	 睡・葉52	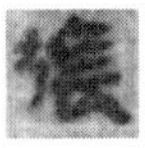 睡・秦雜8	 睡・日甲1	 睡・日甲63背	 睡・日乙93					
	 周・132	 周・237								
紿	 嶽三・癸19	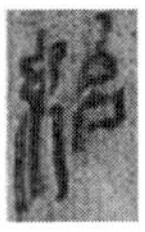 嶽三・芮81	 嶽三・芮82	 嶽三・芮83	 嶽五・律貳291	 嶽五・律貳292				652
細	 嶽一・為吏50	 嶽二・數16								653
	 睡・日乙57									
	 放・日乙221									
	 周・220									

終	 里 8.23 90									654
	 嶽五・ 律貳 10									
	 睡・葉 23	 睡・秦 種 78	 睡・封 69	 睡・日甲 157 背	 睡・日甲 166 背					
	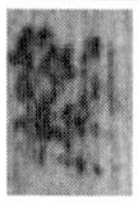 放・志 5									
	 龍・43									
紺	 里 9.731									657
組	 里 5.33	 里 8.756								660
	 睡・秦 雜 18	 睡・日 甲 11								
絇	 里 8.913	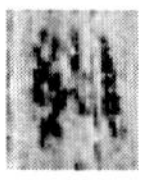 里 9.126								664
率	 嶽一・ 為吏 4									669

強	 里 8.12 59	 里 8.18 24	 里 9.22 89							672
	 嶽一・ 為吏 37	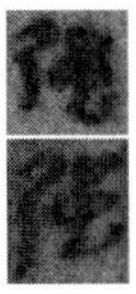 嶽三・ 得 176	 嶽四・律 壹 198							
	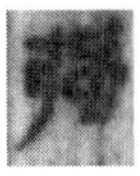 睡・語 12	 睡・秦 種 31	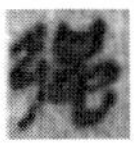 睡・秦 雜 8	 睡・法 148	 睡・封 28	 睡・日 甲 86 背	 睡・日 乙 195			
	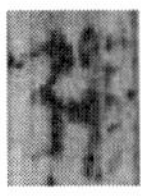 放・志 3									
蛇	 嶽一・ 占夢 18	 嶽一・ 占夢 19								684
	 放・日 乙 219									
堵	 睡・秦 種 116	 睡・秦 雜 40								691
	 里 9.126	 里 9.22 91								
	 放・日 乙 141									

基	 嶽一·為吏 72									691
堂	 里 8.211	 里 8.800	 里 8.1037	 里 8.2249						692
	 睡·封 75									
埤	 睡·秦雜 41									696
埱	 嶽三·猩 53	 嶽三·猩 54								696
	 睡·封 76									
	 睡·法 28									
堇	 放·日乙 155									700
	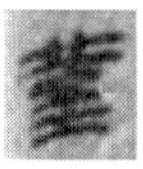 睡·日甲 72									

野	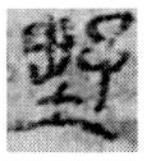 里 8.461	 里 9.2076								701
	 嶽一·27 質 9									
		 睡·日甲 9	 睡·日甲 32							
	 放·日乙 69	 放·日乙 334	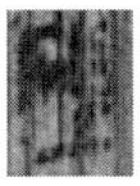 放·日乙 354							
略	 嶽四·律壹 232	 嶽五·律貳 176								703
	 里 9.2301									
	 放·日乙 279									
黃	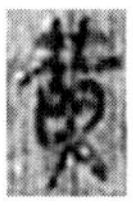 里 6.10	 里 8.894	 里 8.1976							704
	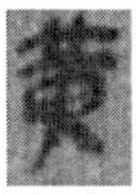 睡·秦種 34									
務	 里 6.21	 里 8.454	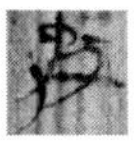 里 8.570	 里 9.710	 里 9.2289					706

	 嶽三·得183	 嶽四·律壹10	 嶽五·律貳4							
	 睡·秦種136	 睡·為10	 睡·為29							
	 放·日乙277									
悳	 睡·為34	 睡·日甲148	 睡·日乙245							707
釦	 里8.174背	 里9.1127								712
處	 里6.5	 里8.896	 里8.1518	 里9.73						723
	 嶽三·同143	 嶽五·律貳16	 嶽五·律貳17							
	 睡·法122	 睡·法126	 睡·日甲126背							
	 放·日甲21	 放·日乙260	 放·日乙303B+289B	 放·日乙353						

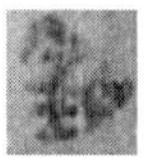

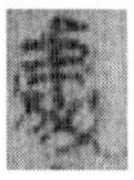

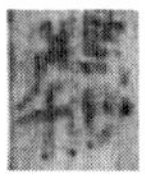

	 周·260									
斬	 里 8.424									737
	 嶽一·占夢 43	 嶽四·律壹 49								
	 睡·秦種 156	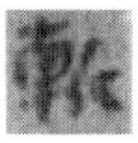 睡·秦雜 7	 睡·法 126	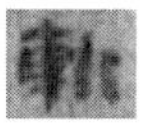 睡·日甲 109						
	 放·日乙 272									
	 周·352									
陸	 嶽一·34 質 19	 嶽一·34 質 42								738
	 睡·葉 13	 睡·葉 29								
陵	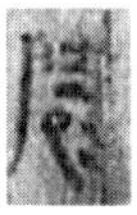 里 5.35	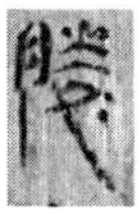 里 6.19	 里 8.12	 里 8.78	 里 8.140	 里 8.311	 里 8.622	 里 8.507	 里 9.1 背	738
	 里 9.7	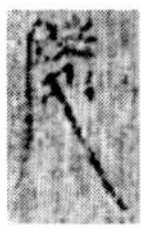 里 9.332								

	 嶽一・27質29	 嶽一・34質60	 嶽三・戸40	 嶽三・戸41	 嶽三・猩44	 嶽三・芮62					
	 睡·語8	 睡・為15									
	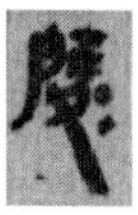 周・24	 周・26									
陰	 里8.135	 里8.307	 里8.1545								738
	 嶽一・27質30	 嶽四・律壹84	 嶽五・律貳53								
	 睡・封18	 睡・日甲10	 睡・日乙6	 睡・日乙18	 睡・日乙22	 睡・日乙119					
	 放・日乙114	 放・日乙283	 放・日乙350								
	 周・309										
陬	 里9.2197										738

陷	 嶽一·為吏 74									739
	 睡·秦雜 35	 睡·日甲 5								
	 青·16									
陶	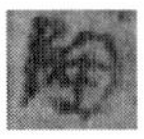 放·日乙 260	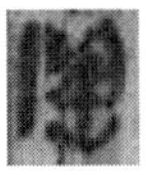 放·日乙 285	 放·志 7							742
陳	 里 8.38									742
	 嶽五·律貳 31									
	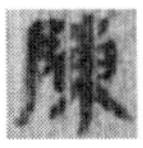 睡·為 1	 睡·日甲 29 背								
	 周·326									
乾	 里 8.244	 里 8.822	 里 8.1022	 里 8.1515	 里 8.1772	 里 8.1057	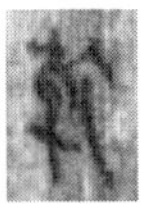 里 9.1136	 里 9.1861		747
	 嶽二·數 4									

	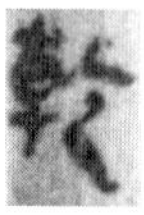 睡・封89	 睡・日甲116背	 睡・日甲128背	 睡・日乙166						
	 周・309	 周・319	 周・321	 周・378						
疏	 里8.487	 里8.1434背	 里8.1517	 里9.1888	 里9.2284					751
	 嶽五・律貳118									
	 睡・封91									
羞	 睡・語11									752
寅	 里8.60	 里8.110	 里8.135背	 里8.669	 里9.1420	 里9.1865				752
	 嶽一・27質1	 嶽一・27質29	 嶽一・34質64	 嶽一・35質8	 嶽五・律貳1					
	 睡・日乙2									

	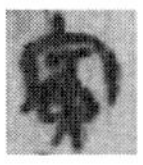 放・日甲 1	 放・日甲 6	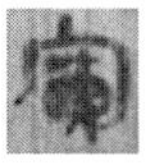 放・日甲 7	 放・日甲 9	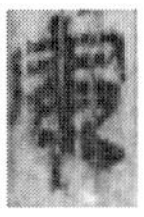 放・日乙 51	 放・日乙 203				
	 周・7	 周・21	 周・30	 周・359						
	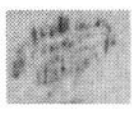 山・1	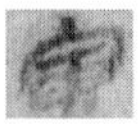 山・1								
[夲阝]	 里 8.1025									
鈹	 里 8.1014									
唐	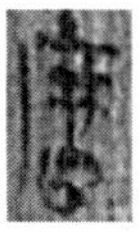 里 8.752									
[火囟匕]	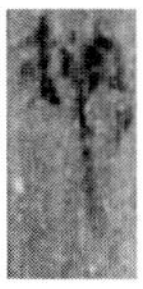 里 8.711 背									
柧	 里 8.645									
釪	 里 8.410									

眔	 里8.276									
冑	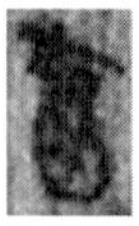 里8.239									
㝡	 里8.149									
	 嶽五・ 律貳60									
罨	 里8.149									
	 嶽四・ 律壹54  睡・法 122	 嶽四・ 律壹73  睡・封 47	 嶽五・ 律貳33	 嶽五・ 律貳82						
	 龍・54	 龍・199								
带	 里8.145									
陡	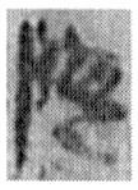 里8.133									

紘	 里 8.26									
翎	 里 8.22 46									
郩	 里 8.18 11									
娍	 里 8.15 84									
舸	 里 8.15 79									
軬	 里 8.15 56 背	 里 9.22 32								
貾	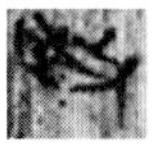 里 8.15 31									
僗	 里 8.50									
傷	 嶽一・為吏 30	 嶽一・為吏 31								
	 睡・法 93									

鉐	 嶽一·為吏 59								
貣	 嶽二·數 85								
掾	 嶽三·猩 44								
訮	 嶽三·同 148								
[illegible]	 睡·秦種 27								
結	 嶽四·律壹 141								
	 睡·秦種 116								
瘁	 嶽一·為吏 84	 嶽四·律壹 178							
	 里 9.204	 里 9.255	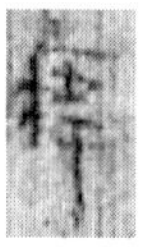 里 9.358	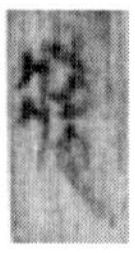 里 9.1032	 里 9.1259				

	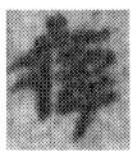 睡・秦雜 32	 睡・法 133	 睡・為 30	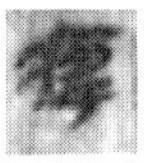 睡・日甲 55	 睡・日甲 151 背	 睡・日乙 89			
	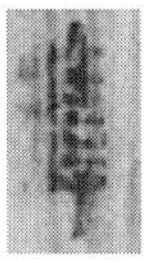 放・日乙 22								
悐	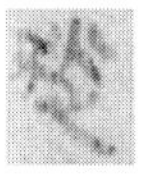 睡・為 37								
㝡	 嶽四・律壹 346								
	 里 9.14	 里 9.25	 里 9.313						
蒙	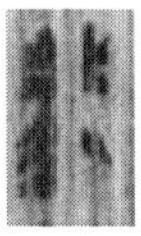 放・日乙 185	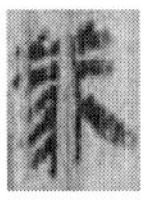 放・日乙 250							
圈	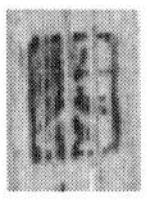 放・日甲 37	 放・日乙 73							
	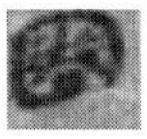 睡・日甲 148 背	 睡・日甲 145 背							
猊	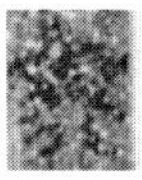 放・日乙 228								

佩	 龍・5	 龍・67B								
柞	 龍・38									
廔	 周・324	 周・325								
訞	 嶽五・律貳12									
搋	 里9.704背									
⿰月邑	 里9.2119									
貴	 里9.1686									
烟	 里9.1429背									
晇	 里9.564									
結	 里9.1193									

𦈡	 里 9.148	 里 9.12 97								
𣣪	 里 9.451									
𣪊	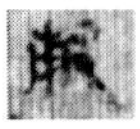 里 9.16 19									
𧹞	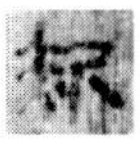 里 9.383									
埜	 里 9.16 44									
𡚾	 里 9.110									
菒	 里 9.21 76									
絜	 里 9.19 04									
𧳋	 里 9.2									
𡨌	 里 9.16 67									

𡙇	 睡·日甲106背									
胐	 睡 · 日甲8背									
梌	 睡·日甲165背									
豿	 睡·日甲154背									
掓	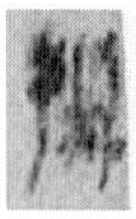 睡 · 日甲56背									

十二畫

	字例									頁碼
祿	 里 8.453									3
	 嶽三・猩 52	 嶽三・猩 53								
	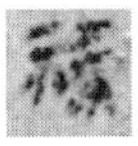 睡・葉 52									
閏	 睡・為 22									9
堉	 睡・為 19									20
菅	 里 8.2148	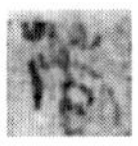 里 8.2473	 里 9.1861	 里 9.2097						28
⿰氵封	 睡・秦種 1									32
菌	 里 8.459	 里 8.1689	 里 9.971	 里 9.1603	 里 9.1722	 里 9.2261				37
萃	 里 8.2013									41

敢	 青・17									48
番	 山・1									50
羼	 睡・為17									53
	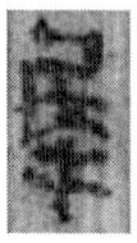 放・志2									
喙	 放・日乙208	 放・日乙217								54
啻	 放・日乙96	 放・日乙118	 放・日乙260							59
	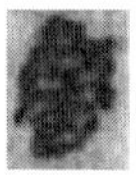 睡・日甲97	 睡・日甲129	 睡・日乙134	 睡・日乙136						
單	 里8.92	 里8.439								63
	 睡・日乙62									

	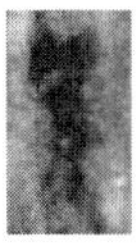 放・日甲40									
	 周・313									
喪	 里8.145									63
	 睡・日甲31背	 睡・日甲81背	 睡・日乙57	 睡・日乙191						
	 放・日乙295	 放・日乙23	 放・日乙113							
超	 里9.2022									64
越	 里8.323	 里8.528	 里9.8	 里9.1044						64
	 嶽三・癸30	 嶽三・尸40								
	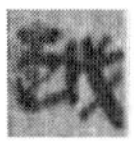 睡・秦雜25									

	 周·363									
赿	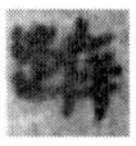 睡·秦雜8									66
登	 里8.429									68
	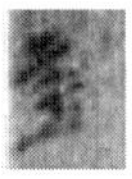 睡·日甲12									
	 嶽一·占夢6	 嶽一·占夢7								
	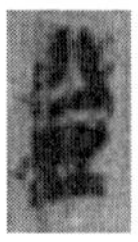 放·日乙300	 放·日乙351								
	 周·19									
進	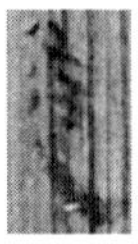 里8.206背	 里8.1529	 里8.1817	 里9.329	 里9.1715	 里9.2494				71
	 嶽一·為吏20									
逮	 嶽一·34質44	 嶽一·34質60	 嶽五·律貳87							73

	 里 9.986									
	 睡・秦種 70									
	 周・17									
循	 里 5.6	 里 8.797	 里 9.280							76
	 嶽四・律壹 124	 嶽五・律貳 270								
	 睡・秦種 68	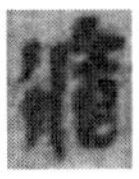 睡・秦種 197	 睡・秦雜 42	 睡・法 187						
	 龍・39									
	 周・260									
復	 里 8.135	 里 8.137	 里 9.1569							76
	 嶽二・數 32	 嶽三・芮 68	 嶽三・魏164	 嶽四・律壹 8	 嶽四・律壹 73	 嶽四・律壹 145	 嶽四・律壹 147			

	 睡·秦種 10	 睡·秦種 150	 睡·效 25	 睡·法 127	 睡·封 85	 睡·日甲 101	 睡·日甲 156 背	 睡·日乙 13	 睡·日甲 25	
	 放·日甲 2	 放·日甲 3	 放·日乙 73	 放·日乙 89	 放·日乙 91A+93 B+92	 放·日乙 260				
	 龍·8	 龍·213								
	 周·199	 周·246	 周·247	 周·264						
	 山·2									
街	 嶽一·35 質 28									78
	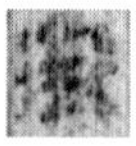 睡·封 21									
	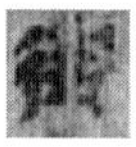 放·日乙 267									
	 周·347									
肅	 里 8.16 64									88

愽	 嶽一·35質11									89
詠	 睡·日甲86背									95
詑	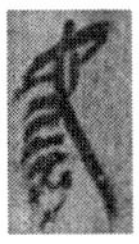 嶽三·芮70	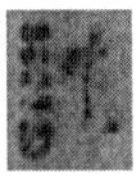 嶽三·學229								96
	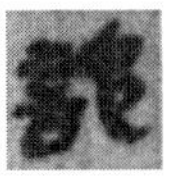 睡·封2									
	 里8.461									
詒	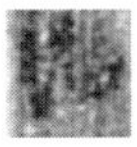 睡·日甲163									97
詛	 睡·法59									97
訶	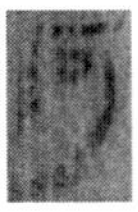 嶽三·學220									100
詐	 嶽四·律壹131									100
	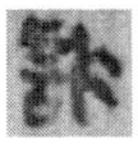 睡·語2	 睡·為34								

詗	 嶽五·律貳 36									101
診	 里 8.477	 里 8.1732	 里 8.2035	 里 9.2817						101
	 嶽三·癸 16	 嶽三·尸 35	 嶽三·譊 140	 嶽五·律貳 325						
	 睡·秦種 16	 睡·秦種 17	 睡·封 32							
詘	 里 8.172	 里 8.1122	 里 9.15	 里 9.2635						101
詢	 嶽五·律貳 204									102
善	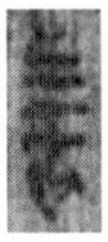 里 8.205									102
	 嶽一·為吏 3	 嶽一·為吏 27	 嶽一·為吏 31	 嶽一·占夢 3	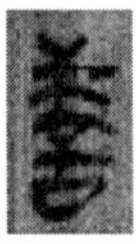 嶽五·律貳 59					
	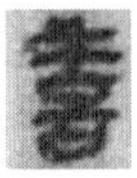 睡·語 3	 睡·秦種 126	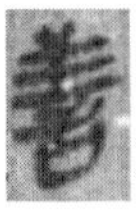 睡·秦雜 15	 睡·為 10	 睡·日甲 33	 睡·日甲 98 背				

	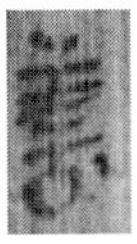 放・日乙 211									
	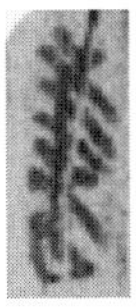 龍・91	 龍・270								
	 周・199	 周・213	 周・319	 周・373						
童	 里 8.2099	 里 9.2289								103
	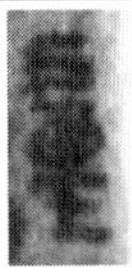 睡・日甲 88 背	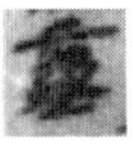 睡・日甲 131 背	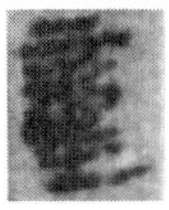 睡・秦雜 32	 睡・法 165						
	 嶽二・數 177	 嶽四・律壹 78								
	 放・日乙 144									
肅	 嶽一・為吏 18									118

畫	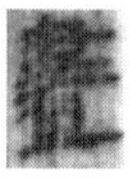 睡·語13	 睡·為1	 睡·日甲56背							118
	 放·日甲66	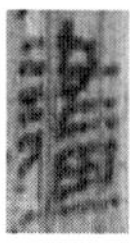 放·日乙165								
	 周·132	 周·134	 周·345							
筆	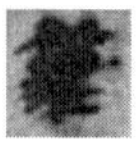 睡·日甲121背									118
堅	 嶽五·律貳109									119
	 睡·法127	 睡·封59	 睡·為3							
	 周·328									
殺	 睡·秦種40									121
	 周·354									
尋	 里5.7									122

	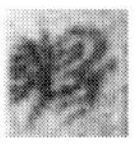 睡・日甲13	 睡・日甲32								
	 周・57									
敞	 里8.1545	 里8.2006	 里9.200	 里9.1083背						124
	 嶽三・猩55	  嶽三・猩57								
敦	 里6.4	 里8.135	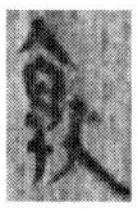 里8.406	 里8.522	 里8.1299	 里9.22	 里9.1408背			126
	 嶽三・同148	 嶽五・律貳46								
	 睡・語9	 睡・秦雜34	 睡・法164							
	 龍・91									
智	 里8.135	 里8.140	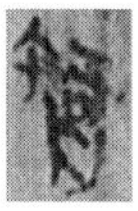 里8.190	 里8.754						138

	 嶽一・為吏 2	 嶽一・為吏 44	 嶽三・癸 19	 嶽三・芮 73	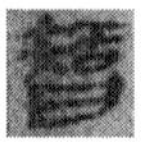 嶽三・魏154	 嶽四・律壹 380	 嶽五・律貳 19			
	 睡・語 5	 睡・語 10	 睡・效 35	 睡・法 12	 睡・封 83					
	 放・日乙 293	 放・日乙 348								
	 龍・22	 龍・150								
	 周・337	 周・376								
翕	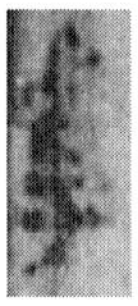 放・日乙 222									140
雅	 睡・法 12									142
雋	 里 8.1578	 里 9.1834 背								145
	 嶽一・27 質 33									

雄	 里 8.1363	 里 9.737								145
	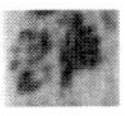 睡・日甲 70	 睡・日乙 183								
	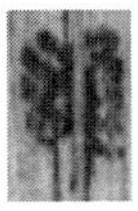 放・日乙 297									
集	 里 8.2004	 里 9.728	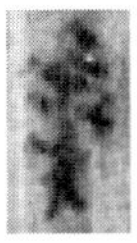 里 9.1113 背							149
	 嶽四・律壹 242									
	 睡・法 193									
棄	 里 8.2544	 里 9.2165	 里 9.2176							160
	 嶽一・為吏 48	 嶽二・數 69	 嶽三・同 142	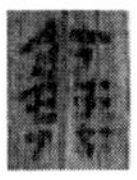 嶽五・律貳 3	 嶽五・律貳 203					
	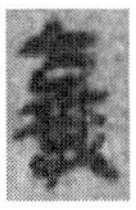 睡・秦雜 16	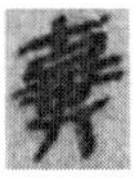 睡・法 71	 睡・法 172	 睡・日甲 109 背	 睡・日甲 155	 睡・日甲 157 背	 睡・日甲 164 背	 睡・日乙 17		

	 龍・17	 龍・195								
幾	 里 8.180									161
	 嶽二・數 4	 嶽二・數 137								
	 睡・法 136	 睡・法 152	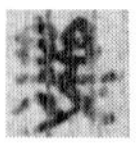 睡・封 14							
惠	 嶽一・為吏 85									161
	 睡・為 2									
舒	 里 8.2210									162
敢	 里 6.1 背	 里 8.50	 里 8.55	 里 8.62	 里 8.570	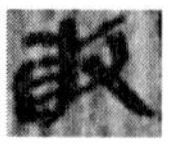 里 8.60	 里 8.623	 里 8.2008	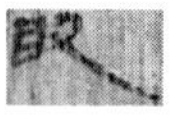 里 8.664	163
	 里 8.885	 里 9.282	 里 9.477							

	 嶽三・癸 23	 嶽三・尸 31	 嶽三・芮 73	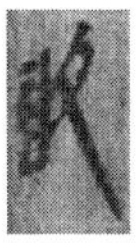 嶽三・芮 80	 嶽三・綰 241	 嶽四・律壹 280	 嶽五・律貳 1	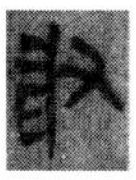 嶽五・律貳 3		
	 睡・秦種 4	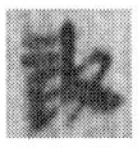 睡・秦種 191	 睡・秦種 192	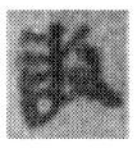 睡・秦雜 18	 睡・封 50					
	 放・日乙 271									
	 龍・27	 龍・54	 龍・85							
	 周・326									
脾	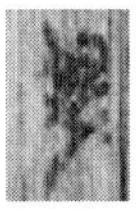 放・日乙 208	 放・日乙 221	 放・日乙 237							170
隋	 里 8.682	 里 8.687								174
	 嶽一・為吏 21	 嶽一・為吏 51								
	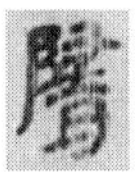 睡・為 30	 睡・日乙 249								

	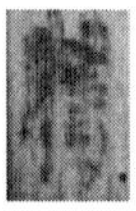 放・日乙 207									
散	 嶽五・律貳 105									178
	 睡・秦種 117									
	 龍・119									
腏	 嶽五・律貳 117									178
	 睡・日甲 11 背									
	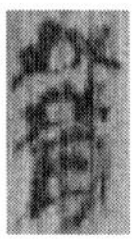 放・志 5	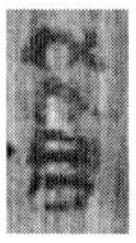 放・志 7								
	 周・348	 周・351	 周・354							
筋	 里 8.102	 里 9.172	 里 9.814	 里 9.1719						180

	 嶽四·律壹135									
	 睡·秦種17	 睡·秦種18	 睡·日甲128背							
	 龍·85									
割	 嶽一·為吏44									182
	 睡·為16	 睡·為29								
剕	 嶽五·律貳177									184
	 睡·法120									
觚	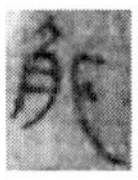 里8.205背									189
等	 里8.216	 里8.442	 里8.755	 里8.757	 里9.483背	 里9.495				193

	 嶽二·數184	 嶽三·癸2	 嶽三·癸24	 嶽三·同142	 嶽三·綰242	 嶽四·律壹342	 嶽五·律貳13	 嶽五·律貳264		
	 睡·秦種55	 睡·效60	 睡·封11	 睡·封92						
	 放·日乙340									
	 龍·148									
答	 嶽三·綰241									195
筑	 嶽二·數179									200
	 睡·日甲16	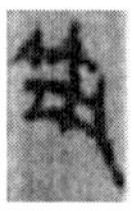 睡·日甲25背	 睡·日甲87	 睡·日甲100	 睡·日乙125					
奠	 嶽五·律貳69									202
喜	 里8.968	 里8.1800								207

	 嶽一·為吏 31	 嶽三·芮 69	 嶽三·芮 73	 嶽三·譊 141	 嶽三·綰 243					
	 睡·葉 10	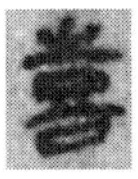 睡·語 11	 睡·為 3	 睡·日甲 135	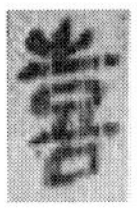 睡·日乙 85	 睡·日乙 189				
	 放·日乙 72	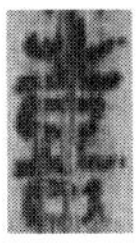 放·日乙 128								
彭	 里 5.17	 里 8.105	 里 9.588							207
	 嶽三·魏154									
封	 嶽一·為吏 18	 嶽一·為吏 77								207
	 睡·日乙 127									
飯	 睡·為 26									222
鉐	 嶽四·律壹 121	 嶽四·律壹 123								228
	 睡·秦種 97									

短	 嶽三・綰 243									229
	 里 9.1514									
	 睡・為 15	 睡・日甲 153 背								
	 放・日甲 33	 放・日乙 69	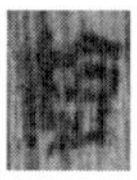 放・日乙 240							
就	 里 8.137 背	 里 8.448	 里 8.2256	 里 9.546	 里 9.1224					231
	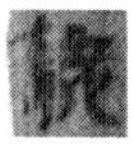 嶽三・同 143	 嶽四・律壹 128	 嶽四・律壹 358	 嶽五・律貳 156	 嶽五・律貳 211					
	 睡・秦種 48	 睡・效 49	 睡・日甲 56							
	 周・17									
覃	 里 8.752									232
梮	 周・377									243

棫	 龍・38									245
楔	 嶽一・為吏 23									250
椑	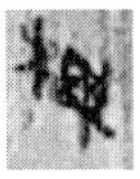 里 9.2289									264
棧	 嶽一・為吏 77									265
	 里 9.731									
棓	 放・日乙 144									266
	 放・日乙 303B+289B									
椎	 里 9.1412 背									266
	 睡・日甲 127 背	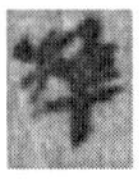 睡・日甲 131 背								
棱	 里 8.412									267

	 睡・為33									
棺	 嶽三・芮62	 嶽三・芮65								273
	 龍・197									
貿	 嶽三・芮69									284
	 睡・法202									
華	 里6.14	 里8.433	 里9.605	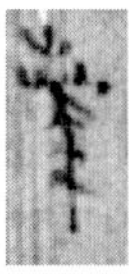 里9.913	 里9.1059	 里9.1141				277
	 嶽一・占夢6									
	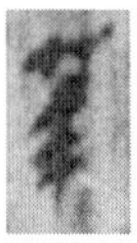 睡・葉34									
	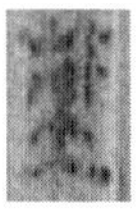 放・日乙352									

圍	 嶽二·數 51									281
	 睡·秦雜 36									
賁	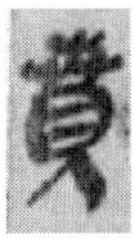 睡·日甲 111 背									282
貸	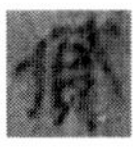 里 8.481	 里 8.1029								282
	 嶽一·為吏 77	 嶽四·律壹 310	 嶽五·律貳 248							
	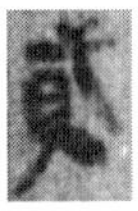 睡·秦種 45									
賀	 里 5.1	 里 8.82	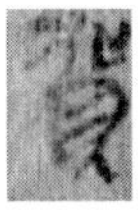 里 8.780	 里 8.822						282
	 睡·日乙 95									
	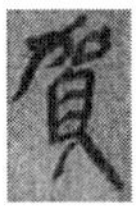 嶽三·芮 69	 嶽三·芮 70								

	 放·日乙309									
	 山·2									
貳	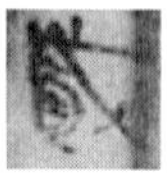 里8.163背	 里8.673	 里8.1147	 里8.145	 里8.580	 里8.1548				283
	 睡·為14									
貴	 嶽一·為吏43	 嶽一·為吏46	 嶽三·芮76	 嶽五·律貳39	 嶽五·律貳40					284
	 睡·法153	 睡·為15	 睡·為46	 睡·日甲146	 睡·日乙237					
	 放·日乙47									
	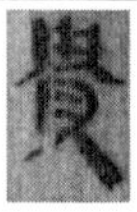 周·146									
蕢	 嶽一·為吏32	 嶽四·律壹308	 嶽五·律貳40							284

	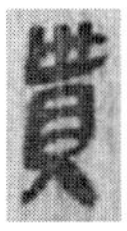 睡・為 13									
買	 里 6.7	 里 8.395	 里 8.664	 里 9.1126						284
	 嶽二・數 205	 嶽三・猩 48	 嶽三・芮 75	 嶽三・芮 82	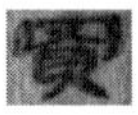 嶽三・魏164	 嶽三・魏166	 嶽四・律壹 202	 嶽五・律貳 40		
	 睡・秦種 18	 睡・秦雜 12	 睡・秦雜 14	 睡・法 140						
	 龍・179									
	 周・347									
費	 里 8.657									284
	 嶽一・為吏 24	 嶽三・芮 85	 嶽四・律壹 246	 嶽五・律貳 40						
	 睡・秦種 37	 睡・秦雜 22								

郵	 里 8.62背	 里 8.555	 里 6.2	 里 6.19	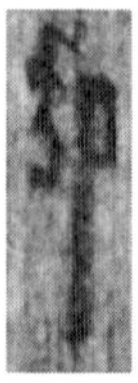 里 8.311	 里 8.1147				286
	 嶽一·35質 12	 嶽一·35質 28	 嶽四·律壹 109	 嶽五·律貳 108						
	 睡·語 8	 睡·秦種 3								
	 周·12									
郫	 里 8.1025	 里 8.1309								296
鄉	 里 8.6	 里 8.870	 里 8.1548	 里 8.50	 里 8.1147	 里 9.545	 里 9.2312			303
	 嶽一·35質 7	 嶽一·35質 13	 嶽四·律壹 12	 嶽四·律壹 55	 嶽四·律壹 56	 嶽四·律壹 191				
	 睡·語 3	 睡·秦種 21	 睡·效 28	 睡·日甲 27背	 睡·日甲 98	 睡·日乙 73A+75	 睡·日乙 200			
	 龍·10A									

	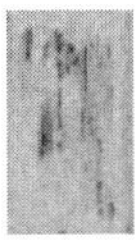 放·日甲66									
	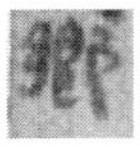 周·14	 周·18	 周·263	 周·345						
暑	 嶽五·律貳221									309
	 睡·日甲117背									
腊	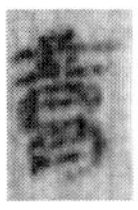 睡·日甲112									310
朝	 里8.144背	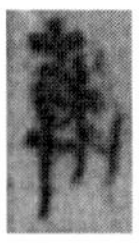 里8.210	 里8.647背	 里8.657背						311
	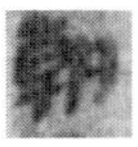 睡·日甲160	 睡·日乙157	 睡·日乙163	 睡·日乙165	 睡·日乙171	 睡·日乙179A+159B				
	 嶽一·為吏36									
	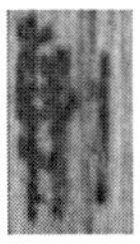 放·日乙351									

	 周·245									
游	 里8.461									314
	 嶽一·占夢34									
	 睡·秦雜5	 睡·日甲116背	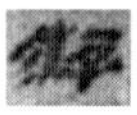 睡·日甲118背							
期	 里8.138	 里8.2083	 里9.39	 里9.341	 里9.2313					317
	 嶽三·芮77	 嶽五·律貳267								
	 睡·秦種115	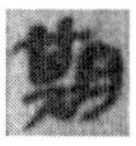 睡·秦種194	 睡·秦雜29	 睡·為10						
	 放·日乙321									
	 周·223	 周·379								
粟	 里6.12	 里8.821	 里8.1088	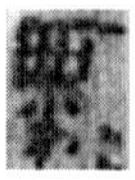 里8.1635	 里8.1647					320

	 嶽二・數 5	 嶽二・數 156	 嶽二・數 177							
	 睡・秦種 74	 睡・效 22	 睡・效 24	 睡・秦雜 14	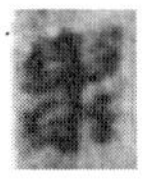 睡・日甲 23					
	 放・日甲 21	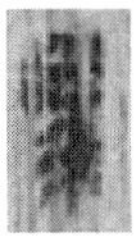 放・日乙 22	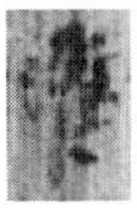 放・日乙 158							
棘	 睡・日甲 129 背	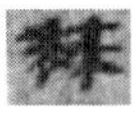 睡・日甲 131 背	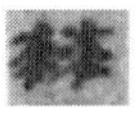 睡・日甲 139 背							321
棗	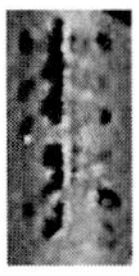 嶽一・占夢 34									321
	 睡・日甲 14	 睡・日乙 67								
	 里 9.22 96									
稀	 睡・封 78									324
稅	 嶽一・為吏 68	 嶽二・數 38	 嶽二・數 41							329

	 放・日乙381									
	 龍・147									
	 周・329									
稍	 里8.427									330
	 嶽一・為吏59	 嶽四・律壹121	 嶽四・律壹163	 嶽四・律壹340	 嶽五・律貳95					
	 睡・秦種78	 睡・秦種82								
	 周・320									
程	 里8.883	 里8.1139	 里9.718							330
	 嶽二・數2									
	 睡・秦種33	 睡・秦種110	 睡・效58							

	 龍・125	 龍・129	 龍・136							
黍	 嶽二・數 103									332
	 睡・秦種 33	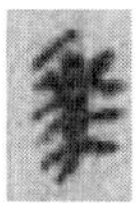 睡・日甲 111 背	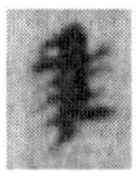 睡・日甲 122 背	 睡・日乙 47						
	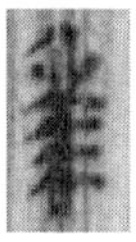 放・日乙 161									
	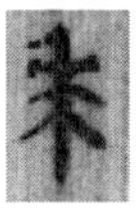 周・354									
	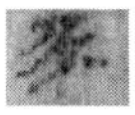 山・2									
菽	 嶽四・律壹 111									339
富	 里 8.56									343
	 嶽一・為吏 59	 嶽四・律壹 244								

	 睡·為 1	 睡·為 3	 睡·為 45	 睡·日甲 115	 睡·日甲 118	 睡·日甲 120	 睡·日甲 151 背	 睡·日甲 152	 睡·日乙 200	
	 睡·日乙 243	 睡·日乙 251								
	 放·日乙 5	 放·日乙 16	 放·志 5							
	 周·147	 周·350								
窓	 嶽一·為吏 55									344
	 睡·日乙 14									
寒	 嶽一·為吏 78	 嶽一·占夢 24								345
	 睡·秦種 90	 睡·為 31	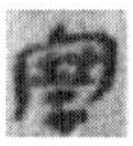 睡·日甲 117 背							
	 周·318									

寓	 睡・日甲60									345
窗	 里8.1584									348
痛	 里8.876	 里8.1221								351
	 睡・封85									
痤	 里8.145	 里8.145背	 里9.68	 里9.628	 里9.2289	 里9.2289背				353
痞	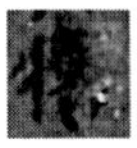 嶽一・34質63									355
最	 嶽一・為吏87									358
	 睡・語13	 睡・秦種13	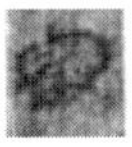 睡・日甲5	 睡・日甲111背						
	 周・297	 周・346								

罜	 里 8.1562									360
	 嶽四·律壹 13	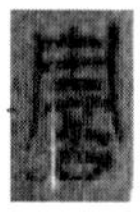 嶽五·律貳 204								
幅	 里 9.83	 里 9.126								361
	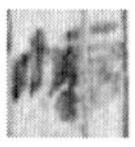 睡·日甲 154 背									
幃	 里 9.1400									364
晢	 里 8.534	 里 8.550								367
備	 里 8.63	 里 8.197	 里 8.785	 里 8.2106	 里 9.63	 里 9.505	 里 9.1360			375
	 嶽一·為吏 17	 嶽三·癸 13	 嶽三·芮 77	 嶽四·律壹 66	 嶽五·律貳 289					
	 睡·秦種 19	 睡·秦種 29	 睡·秦種 167	 睡·秦種 175	 睡·效 8	 睡·效 34	 睡·效 45			
	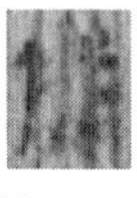 放·日乙 255	 放·日乙 368								

傳	 里 8.758									376
	 嶽一·占夢 24	 嶽四·律壹 78	 嶽四·律壹 212	 嶽五·律貳 14	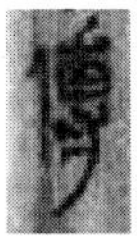 嶽五·律貳 222					
	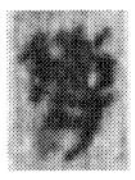 睡·葉 8	 睡·秦種 119	 睡·秦種 190	 睡·秦雜 33	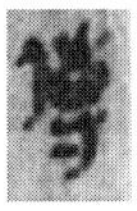 睡·日甲 166 背					
虛	 嶽四·律壹 202									390
	 睡·日甲 58	 睡·日甲 59	 睡·日乙 26	 睡·日乙 30	 睡·日乙 36	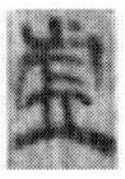 睡·日乙 41	 睡·日乙 89			
	 放·日乙 115	 放·日乙 171								
	 龍·129	 龍·143								
	 周·141	 周·207	 周·260	 周·357						
量	 嶽一·為吏 14									392

	 睡・法195	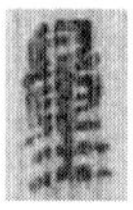 睡・為5								
補	 里8.71	 里8.2106								400
	 嶽一・為吏69	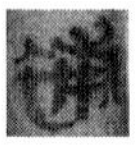 嶽三・同149	 嶽三・巍170	 嶽四・律壹221						
	 睡・秦種89	 睡・秦種122	 睡・秦雜40							
屆	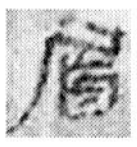 里8.765									404
覵	 放・日乙165	 放・日乙260								412
	 周・29									
	 里6.1背	 里8.137	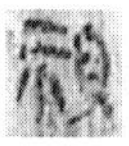 里8.138	 里8.211	 里8.262	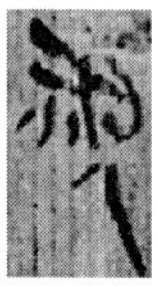 里8.839				
	 嶽一・27質10	 嶽一・34質5	 嶽一・為吏86	 嶽三・猩47	 嶽三・芮64					

	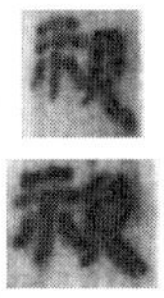 睡・語 12	 睡・秦 種 159	 睡・法 125	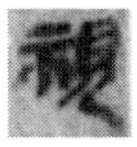 睡・法 144						
款	 里 8.145	 里 9.22 89								415
欽	 睡・效 11									415
飲	 嶽一・ 占夢 40									418
	 睡・效 46	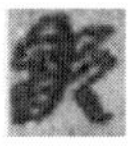 睡・法 15	 睡・封 91							
盜	 里 8.349	 里 8.573	 里 8.574	 里 8.10 49	 里 8.12 52	 里 8.23 13	 里 9.33 70			419
	 嶽一・ 為吏 17	 嶽三・ 癸 18	 嶽三・ 尸 37	 嶽三・ 芮 82	 嶽三・ 譊 141	 嶽四・ 律壹 18	 嶽四・律 壹 209	 嶽五・ 律貳 35	 嶽五・ 律貳 41	
	 睡・秦 種 119	 睡・秦 種 193	 睡・效 35	 睡・秦 雜 38	 睡・法 11	 睡・封 74	 睡・日 甲 154			
	 放・日 甲 26	 放・日 甲 29	 放・日甲 32A+30 B	 放・日 甲 36	 放・日 乙 60	 放・日 乙 322				

	 龍・18	 龍・20	 龍・37	 龍・44	 龍・69	 龍・175	 龍・218			
	 周・191	 周・235	 周・239	 周・260						
項	 嶽一・占夢 22									421
	 睡・法 75	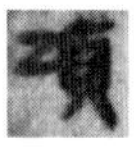 睡・封 65								
	 放・日乙 211									
順	 嶽一・占夢 2									423
	 里 9.986	 里 9.2203								
	 睡・日甲 3									
	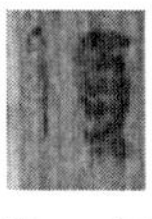 放・日乙 287									

須	 里 6.11	 里 8.122	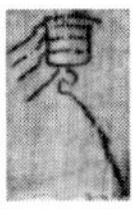 里 8.204 背	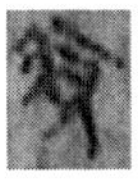 里 8.534	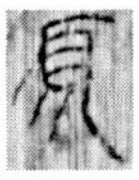 里 9.346	 里 9.1145				428
	 嶽一·為吏 70	 嶽四·律壹 219	 嶽四·律壹 221	 嶽五·律貳 86						
	 睡·秦種 87	 睡·法 127	 睡·為 41	 睡·日甲 96 背	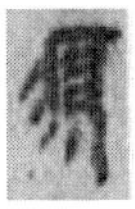 睡·日甲 98 背					
	 放·日甲 42	 放·日甲 66								
	 周·363									
詞	 嶽四·律壹 74									434
廄	 里 8.163	 里 9.521	 里 9.756							448
	 嶽四·律壹 49									
	 睡·秦種 190	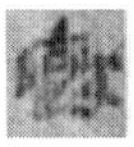 睡·日甲 103								
	 放·日甲 36	 放·日乙 72								

廁	 睡・日乙 188									448
厥	 里 9.1137	 里 9.2193								451
彘	 里 8.2491									461
	 嶽一・為吏 22	 嶽四・律壹 225								
	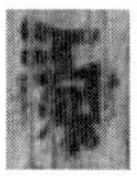 放・日乙 149									
	 龍・33A	 龍・111								
象	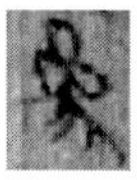 里 8.771	 里 8.1556								464
	 睡・為 18									
馮	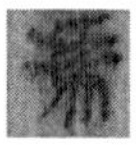 嶽三・學 211	 嶽三・學 234								470

馳	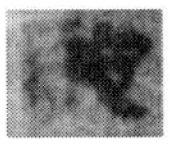 睡・秦雜 28									471
猩	 嶽三・猩 54	 嶽三・猩 60								478
猲	 里 9.705	 里 9.11 11								478
猶	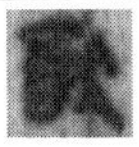 睡・語 12	 睡・法 115								481
然	 里 8.883	 里 9.18 76								485
	 嶽一・占夢 13	 嶽二・數 133	 嶽四・律壹 49							
	 睡・秦種 170	 睡・效 54	 睡・效 55	 睡・法 38	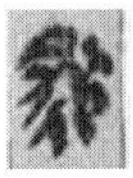 睡・日甲 132 背	 睡・日乙 22				
	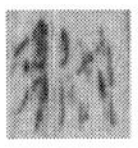 放・日甲 30A+32 B	 放・日乙 89	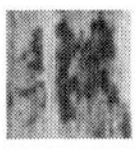 放・日乙 140	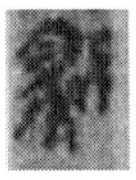 放・日乙 230						
	 龍・141 A									
焚	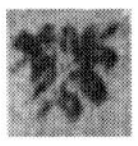 睡・日甲 125 背									488

焦	 里 5.19									489
	 睡・日甲 55									
	 嶽一・占夢 25									
	 周・317									
黑	 里 8.207	 里 8.624	 里 8.871	 里 9.22 背	 里 9.1934	 里 9.2552				492
	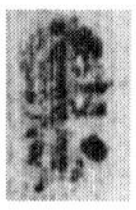 睡・封 23	 睡・日甲 93 背	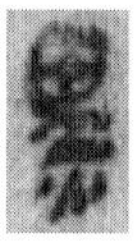 睡・日甲 98 背	 睡・日乙 157						
	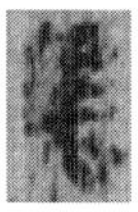 放・日乙 61									
	 周・204	 周・208	 周・214							
喬	 嶽一・為吏 50									499

	 里 9.2854									
壺	 睡·秦種 47									500
	 周·348									
壹	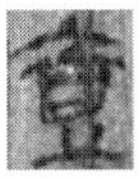 里 8.434	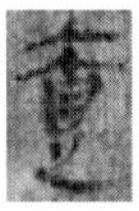 里 8.711	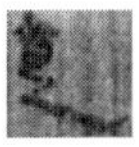 里 8.767	 里 8.875	 里 8.1620	 里 8.1893	 里 9.1448	 里 9.132	 里 9.755	500
	 嶽二·數 186	 嶽二·數 191	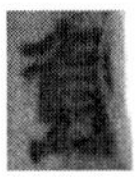 嶽三·魏157	 嶽四·律壹 122	 嶽四·律壹 221					
	 睡·日甲 56 背	 睡·日甲 108 背								
	 放·日乙 333									
報	 里 8.122	 里 8.135	 里 8.197	 里 8.687 背	 里 8.731 背	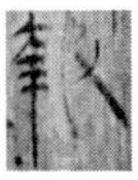 里 8.777	 里 8.1842	 里 9.1 背	 里 9.3	501
	 里 9.11 背	 里 9.346								

	 嶽四·律壹 73	 嶽五·律貳 86								
	 睡·秦種 184	 睡·封 7								
偈	 里 9.227									512
偶	 睡·為 32									512
惰	 里 8.534	 里 8.894								514
惑	 睡·日甲 135 背									515
惡	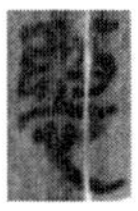 嶽三·魏157	 嶽四·律壹 163								516
	 里 8.344	 里 8.534	 里 8.811	 里 8.1363						
	 睡·語 11	 睡·語 1	 睡·秦種 65	 睡·為 2	 睡·日甲 144 背	 睡·日甲 166	 睡·日乙 194	 睡·日乙 203		

	 放・日甲55	 放・日甲62	 放・日乙42B								
	 周・221	 周・248	 周・253								
悲	 睡・日甲100背										517
渭	 里8.239	 里8.1632	 里9.1050								526
	 睡・封66										
溉	 嶽一・為吏21	 嶽一・為吏76									544
	 睡・為6										
	 放・日乙279										
渙	 里9.590										552
湍	 里9.2110										554

渠	 嶽一・為吏35	 嶽一・占夢22	 嶽三・癸18							559
	 里9.276	 里9.1442								
	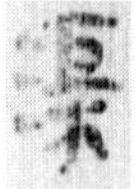 睡・為16									
渡	 嶽一・為吏14	 嶽一・占夢34								561
	 睡・日甲84背									
渴	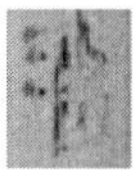 放・日甲20	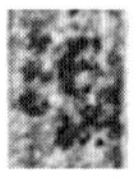 放・日乙24								564
湯	 嶽一・占夢19									566
	 里9.2296									
	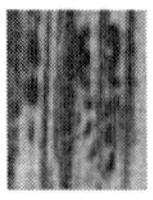 放・日乙183									

渫	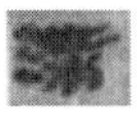 睡・日甲 122									569
減	 嶽二・數 38	 嶽五・律貳 22	 嶽五・律貳 24							571
	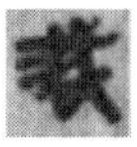 睡・秦種 44	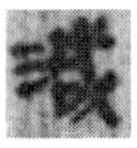 睡・秦種 78	 睡・效 60	 睡・日甲 28 背						
	 龍・148									
棲	 睡・秦雜 35									591
雲	 嶽一・占夢 11									580
	 睡・日甲 123 背									
	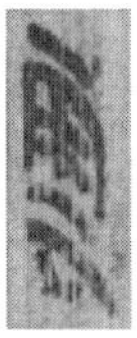 龍・1									
	 放・日乙 14									

開	 嶽一．為吏 76	 嶽一．占夢 3							594
	 睡．日甲 14	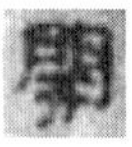 睡．日甲 16	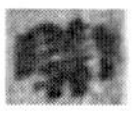 睡．日甲 17						
	 放．日甲 3	 放．日甲 5	 放．日甲 11						
閒	 里 8.798								595
	 嶽一．為吏 21	 嶽三．多 88	 嶽四．律壹 245	 嶽五．律貳 170					
	 睡．語 2	 睡．秦種 126	 睡．為 17	 睡．日甲 16	 睡．日甲 96 背	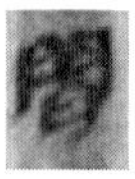 睡．日甲 129			
	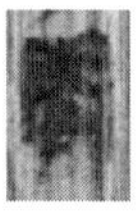 放．日乙 59	 放．日乙 322	 放．日乙 338						
提	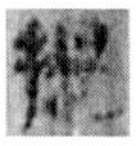 里 8.488								604
	 嶽一．為吏 69	 嶽二．數 47							
	 睡．法 82								

掾	 嶽五・律貳 49	 嶽五・律貳 335								604
	 里 9.1332	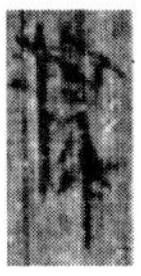 里 9.1579	 里 9.2323							
	 睡・效 55									
	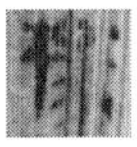 周・49									
掔	 嶽一・為吏 45									609
揚	 里 8.181 背									609
揭	 周・211									609
	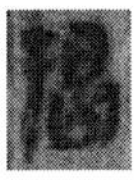 嶽三・得 183									
揄	 里 8.1540									610

	 睡・葉 10									
援	 里 8.915	 里 8.1657	 里 8.2030	 里 9.13	 里 9.262					611
	 嶽四・律壹 215	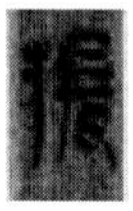 嶽五・律貳 318								
	 睡・法 101	 睡・日甲 66	 睡・日甲 67							
嬀	 放・日乙 220									619
媚	 睡・日乙 246									623
婺	 周・140									626
	 睡・日乙 105									
戟	 嶽二・數 69									635

	 里9.394									
	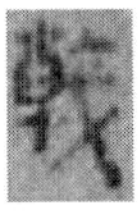 睡・效45	 睡・法85								
琴	 里8.215									639
無	 里5.22	 里8.143								640
	 嶽一・為吏29	 嶽一・為吏66	 嶽四・律壹54	 嶽五・律貳59						
	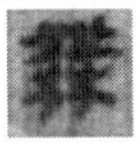 睡・語9	 睡・秦種8	 睡・日甲91背							
	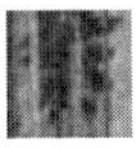 放・日乙285									
發	 里8.104	 里8.506	 里8.878	 里8.197	 里8.693背	 里8.1092	 里8.1607	 里8.2161	 里 8.64背	647
	 里8.601	 里8.2017	 里9.1	 里9.515	 里9.870	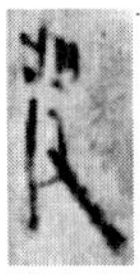 里9.1147	 里9.1187			

	 嶽一・為吏 22	 嶽一・占夢 1	 嶽三・癸 14	 嶽三・芮 75	 嶽四・律壹 149	 嶽四・律壹 200				
	 睡・秦種 27	 睡・秦種 65	 睡・效 37	 睡・秦雜 2	 睡・為 13	 睡・日乙 45				
	 周・187	 周・190	 周・234							
絕	 嶽一・為吏 76	 嶽四・律壹 365								652
	 里 9.982									
	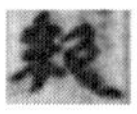 睡・封 53	 睡・日甲 115	 睡・日乙 11	 睡・日乙 23						
	 放・日甲 24	 放・日乙 3	 放・日乙 283	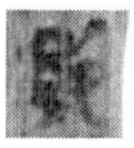 放・日乙 308						
	 龍・60	 龍・87								
	 周・139									

結	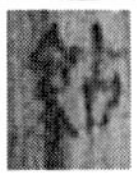 里 8.247									653
	 嶽四·律壹 141									
	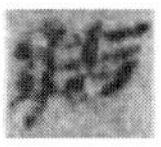 睡·法 84	 睡·封 65	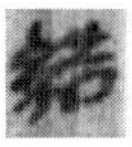 睡·日甲 28	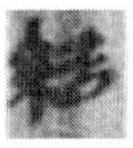 睡·日甲 29	 睡·日甲 78	 睡·日乙 2				
	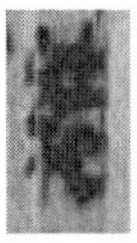 放·日乙 355									
	 周·187	 周·191	 周·203	 周·223						
給	 里 8.197	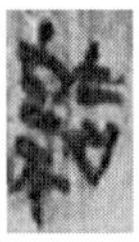 里 8.454	 里 8.583	 里 8.2166	 里 9.111					654
	 嶽一·為吏 7	 嶽四·律壹 262								
	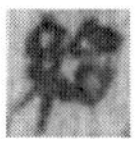 睡·秦種 179	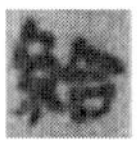 睡·秦雜 17								
	 龍·85	 龍·213								
	 周·374									

絇	 里8.1537									655
絝	 里8.1356	 里9.495	 里9.1207							661
	 嶽四·律壹384									
絳	 嶽一·為吏71									662
絮	 睡·封82	 睡·日甲153背	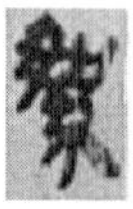 睡·日乙195							665
	 周·319									
絡	 里8.158	 里9.2291	 里9.3270							666
	 睡·秦雜17	 睡·封68								
絜	 嶽三·同148									668

	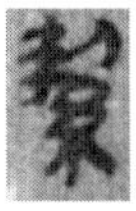 睡・語 10	 睡・為 2								
絲	 里 8.254	 里 8.22 26	 里 9.753	 里 9.11 33	 里 9.21 37					669
	 睡・法 11	 睡・法 162	 睡・封 82	 睡・日 甲 48 背	 睡・日 甲 53 背					
	 周・345									
蛣	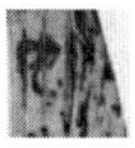 放・日 乙 291									671
堪	 里 8.754 背	 里 8.20 30	 里 9.1 背	 里 9.2	 里 9.9					692
	 睡・封 67	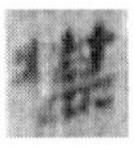 睡・日 甲 72	 睡・日 乙 184							
堤	 睡・秦 種 23									694
塞	 里 8.461									696
	 嶽一・ 為吏 1	 嶽一・ 為吏 29								

	 睡・秦雜 41									
埸	 里 9.460 背									699
堯	 放・日乙 272									700
晦	 里 9.2475									702
	 青・16									
黃	 放・日甲 27	 放・日乙 196	 放・日乙 60	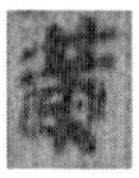 放・日乙 242						704
	 睡・日甲 72	 睡・日甲 109 背	 睡・日乙 184							
	 里 9.31	 里 9.1257	 里 9.1954							
	 周・12	 周・188	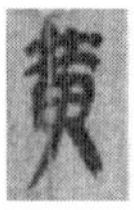 周・192							

勞	 嶽一·為吏 47	 嶽一·占夢 6	 嶽三·魏169	 嶽四·律壹 8	 嶽五·律貳 142					706
	 睡·秦種 55	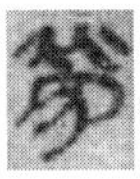 睡·秦種 130	 睡·秦種 146	 睡·秦雜 29						
勝	 嶽一·為吏 36	 嶽一·為吏 30	 嶽四·律壹 181							706
	  里 9.10	 里 9.874								
	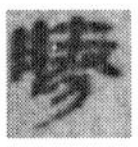 睡·秦種 125	 睡·秦雜 9	 睡·為 10	 睡·日甲 84 背	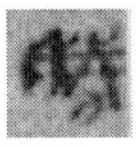 睡·日甲 86 背	 睡·日乙 18	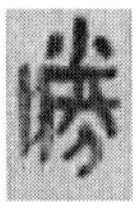 睡·日乙 79	 睡·日乙 237		
	 周·198	 周·204								
飭	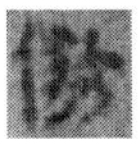 睡·秦雜 28									707
	 嶽四·律壹 110									
鈞	 里 8.1048	 里 9.323	 里 9.768	 里 9.1272						715

	 嶽一·為吏 82	 嶽二·數 80								
	 睡·效 6									
鉅	 里 8.519									721
斯	 嶽五·律貳 87									724
軺	 里 8.175									728
	 嶽三·猩 47	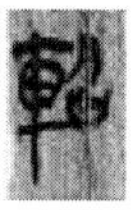 嶽五·律貳 149								
	 龍·54									
軫	 里 8.780	 里 8.822	 里 8.1515							730
	 睡·日甲 162 背	 睡·日乙 95								
	 嶽一·占夢 13									

	 放・日乙 178									
	 周・134	 周・241								
軵	 嶽四・律壹 35	 嶽四・律壹 86								736
陽	 里 5.22	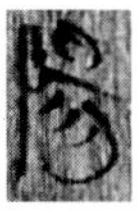 里 6.11	 里 8.105	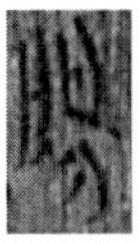 里 8.453	 里 8.834	 里 8.63	 里 8.713	 里 9.697		738
	 嶽一・35 質 2	 嶽一・為吏 30	 嶽三・猩 48	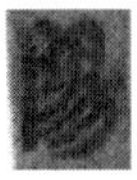 嶽三・䨓156	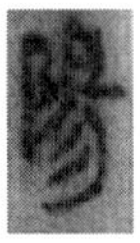 嶽三・學 212	 嶽四・律壹 77	 嶽五・律貳 45			
	 睡・葉 33	 睡・秦種 28	 睡・效 38	 睡・法 163	 睡・為 15	 睡・日乙 3				
	 放・日乙 359									
	 周・297									
隅	 睡・日甲 127 背	 睡・日甲 142 背								738

隄	 里 8.210									740
	 睡·秦種 4	 睡·秦種 171	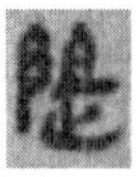 睡·效 30							
	 青·16									
險	 里 8.269									742
	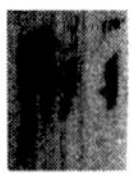 嶽四·律壹 203									
陲	 嶽二·數 68									743
	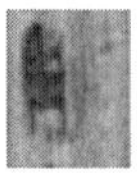 放·日乙 345									
桼	 嶽五·律貳 326									744
逵	 睡·法 199									745
辜	 睡·日甲 115 背	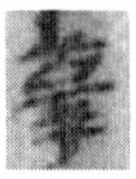 睡·日甲 131 背								748

孱	 里8.807	 里9.13 81								751
酢	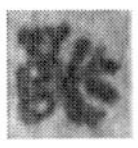 睡・秦 雜32	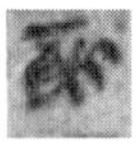 睡・日 甲77	 睡・日 乙183	 睡・日 乙187						758
尊	 睡・為 27	 睡・日甲 100背								759
𦯬	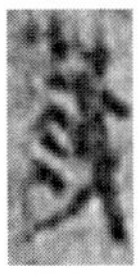 里8.145									
萛	 里8.133									
答	 里5.19	 里9.23 40								
𡶬	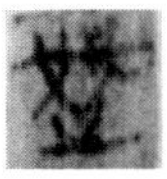 里5.5									
箭	 里8.70	 里8.19 13								
詔	 里8.174	 里8.461	 里8.703 背							

	 嶽三・學219	 嶽三・學222	 嶽四・律壹308	 嶽五・律貳59	 嶽五・律貳63					
	 里8.300									
軲	 里8.1680									
	 睡・秦種125									
桥	 里8.1608									
⿰糹式	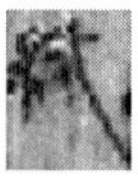 里8.1520									
梭	 里8.1243									
悆	 里8.1243									
軴	 里8.1219									
葥	 里8.1206									

窨	 里 8.904	 里 8.993								
晲	 嶽一・27 質 26									
⿱此手	 嶽一・為吏 23									
間	 嶽一・為吏 1	 嶽一・為吏 46								
蔄	 嶽一・占夢 20									
⿰卓殳	 里 8.707									
蚰	 嶽一・占夢 40									
	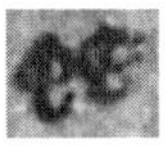 睡・秦種 2	 睡・日甲 93 背								
関	 嶽一・占夢 43									

羨	 嶽三・ 癸 10									
堰	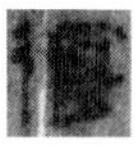 嶽三・ 得 174									
逯	 嶽三・ 得 179									
㝡	 嶽三・ 綰 244									
飽	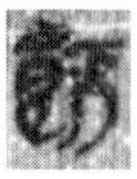 睡・秦 種 60									
敹	 睡・秦 種 191									
罨	 睡・秦 種 153	 睡・秦 雜 11								
輩	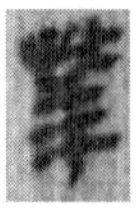 睡・秦 雜 29	 睡・為 35								
	 嶽四・律 壹 249									

[illegible]	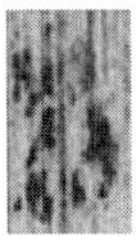 睡・封 61									
腔	 睡・封 53									
堙	 睡・為 27									
[illegible]	 嶽四・律 壹 334									
睆	 嶽四・律 壹 152	 嶽五・律 貳 141								
[illegible]	 放・日 乙 334									
狥	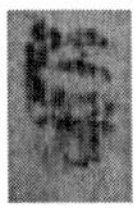 放・日 乙 264									
[illegible]	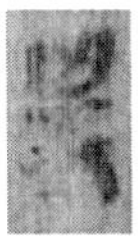 放・日 乙 210									
[illegible]	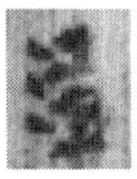 放・日 乙 160									

	 嶽五· 律貳 95									
莟	 里 9.692									
菚	 里 9.22 89									
	 里 9.25 31									
閗	 里 9.17 01									
	 里 9.18 42									
絨	 里 9.35 背									
	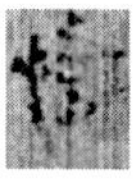 里 9.20 51									
軹	 里 9.31 背									

南	 里 9.470									
痓	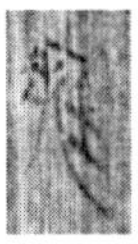 里 9.553									
逜	 里 9.1722									
𢍏	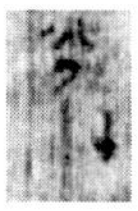 里 9.95									
隐	 里 9.1824									
搵	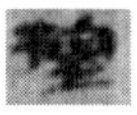 睡·日甲 122 背									
腤	 睡·日乙 160									
楮	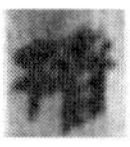 睡·日甲 130									
溟	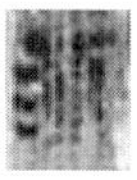 睡·日甲 2									
衖	 睡·日甲 84 背									

⿰衤寺	 睡·日甲 142背									
⿱艹囟	 睡·日甲 101背									
⿱且木	 睡·日 乙111									
⿰系力	 睡·日 甲8背									
傘	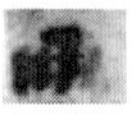 睡·日甲 122背									
匋	 睡·日 甲89背									
翏	 睡·日 乙165	 睡·日 乙171								
晋	 睡·日 乙217	 睡·日 乙221	 睡·日 乙222	 睡·日 乙223						
閈	 睡·日 乙29	 睡·日 乙30	 睡·日 乙31							

十三畫

	字例									頁碼
福	 里 8.717 背	 里 8.2014	 里 8.2247							3
	 嶽一·為吏 72									
	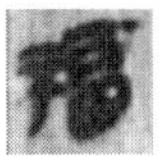 睡·秦種 66	 睡·為 5								
祿	 睡·為 6	 睡·為 9	 睡·日甲 92 背							3
	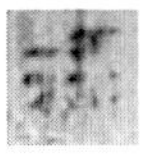 里 9.2395									
	 放·日乙 14									
禁	 里 8.13	 里 8.1397								9
	 嶽四·律壹 128	 嶽四·律壹 308	 嶽五·律貳 1	 嶽五·律貳 58						
	 睡·秦種 5	 睡·秦種 117	 睡·秦種 193							

	 放・日乙 133									
	 龍・6A	 龍・27	 龍・28							
瑕	 嶽五・律貳 19									15
葵	 睡・日乙 65									24
葴	 睡・法 86									30
	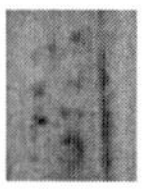 放・日乙 231									
葉	 睡・法 7	 睡・日甲 103 背	 睡・日乙 157	 睡・日乙 172						38
	 龍・38									
	 里 5.19									
葦	 里 6.6									46

	 睡·日甲129背									
	 嶽五·律貳302									
	 龍·1									
葆	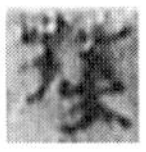 里8.62	 里8.657背	 里9.2165							47
	 嶽五·律貳91									
	 睡·秦種119									
葬	 睡·法68	 睡·法77	 睡·法107	 睡·日甲156背	 睡·日乙17	 睡·日乙61				48
	 里9.2763									

	 嶽四·律壹185	 嶽四·律壹186	 嶽四·律壹187							
	 放·日乙89	 放·志1								
	 龍·196A	 龍·197								
詹	 里9.363									49
嗛	 里8.682									55
㱿	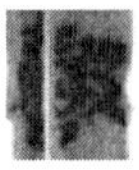 嶽三·魏169									61
	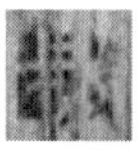 放·乙278	 放·志5								
崜	 睡·封78									68
歲	 里8.16	 里8.269	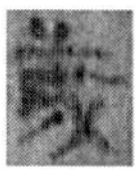 里8.537	 里8.758	 里8.508	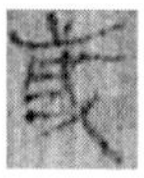 里8.550	 里8.627	 里9.1121		69

	嶽三·癸 13	嶽三·芮 67	嶽三·多 92	嶽三·得 187	嶽四·律壹 25	嶽四·律壹 38	嶽四·律壹 55	嶽五·律貳 30	嶽五·律貳 41	
	嶽五·律貳 59	嶽五·律貳 60								
	睡·秦種 13	睡·秦種 81	睡·效 20	睡·效 30	睡·秦雜 13	睡·法 118	睡·法 127	睡·日甲 164 背	睡·日乙 42	
	放·日乙 5	放·日乙 19	放·日乙 155							
	周·297	周·299								
	山·2									
跡	放·日乙 217									70
過	里 8.422	里 8.702 背	里 8.761	里 8.1517	里 8.2548	里 8.1139	里 8.2046	里 9.1018	里 9.1850	71
	嶽一·為吏 33	嶽一·為吏 40	嶽一·為吏 41	嶽一·為吏 56	嶽三·猩 60	嶽四·律壹 19	嶽四·律壹 263			

	 睡・秦種 11	 睡・秦種 78	 睡・秦種 115	 睡・效 8	 睡・效 56	 睡・秦雜 14	 睡・法 181			
	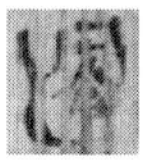 放・日甲 19	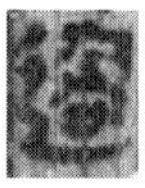 放・日乙 143	 放・日乙 23							
	 龍・48	 龍・193								
	 周・347									
遇	 嶽一・為吏 42									72
	 睡・日甲 64	 睡・日乙 17	 睡・日乙 135							
	 放・日甲 55	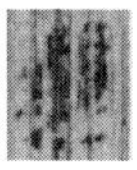 放・日乙 45								
	 周・248	 周・251	 周・252							
運	 里 8.31	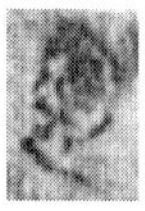 里 9.436	 里 9.932							72
達	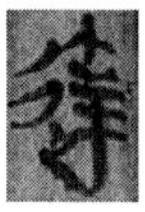 嶽三・猩 52	 嶽三・猩 57								73

	 睡·日甲6	 睡·日甲92背	 睡·日乙7	 睡·日乙19A+16B+19C						
	 里9.655									
遂	 嶽一·占夢20									74
	 放·日乙242	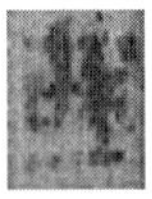 放·日乙287								
遏	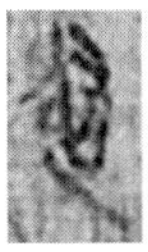 里8.145	 里9.2289								75
	 放·日乙350									
遾	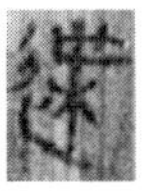 里8.1442背									75
道	 里8.174	 里8.547	 里8.573	 里8.665	 里8.2000	 里9.3	 里9.3327			76
	 嶽一·34質42	 嶽一·為吏19	 嶽一·為吏87	 嶽二·數64	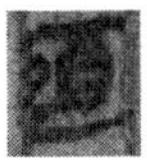 嶽三·得183	 嶽四·律壹32	 嶽四·律壹54	 嶽四·律壹68	 嶽四·律壹152	

	 嶽五．律貳45	 嶽五．律貳48								
	 睡·語1	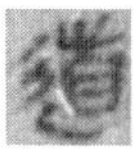 睡·語2	 睡．秦種119	 睡．為16	 睡·日甲108背	 睡·日甲146背				
	 放．日甲67									
	 青·16									
	 龍·7	 龍·8	 龍·39	 龍·58						
	 周·49	 周·260								
微	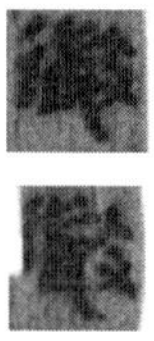 嶽三．魏168									77
	 里9.625									
	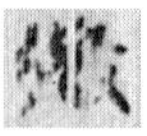 睡·為5									
	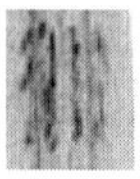 放．日乙209									

跨	 放・日乙234									82
枲	 里8.1552	 里9.14								85
	 睡・日甲134背	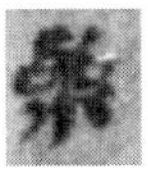 睡・日甲136背								
	 嶽一・占夢16									
路	 里8.1014									85
	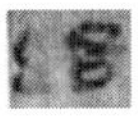 睡・日甲113背									
	 嶽一・為吏59	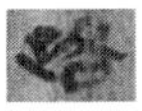 嶽三・田195								
	 周・32									
鉤	 里8.218									88
	 嶽一・占夢26									

誠	 里 8.1222	 里 9.2046	 里 9.2798							93
	 嶽三・芮 82	 嶽三・綰 241								
	 睡・封 38									
試	 嶽一・為吏 25									93
	 睡・秦種 100	 睡・效 46								
詷	 嶽五・律貳 173									95
	 睡・日甲 10 背									
	 龍・74									
詣	 里 8.376	 里 8.1252	 里 8.2128	 里 8.57	 里 8.1626					96
	 嶽三・癸 19	 嶽三・尸 38	 嶽三・譊 141	 嶽三・學 234	 嶽四・律壹 74	 嶽五・律貳 298				

	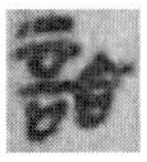 睡·秦種 18	 睡·秦種 115	 睡·法 139	 睡·封 22	 睡·封 85	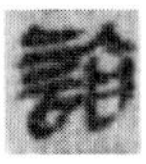 睡·日乙 107				
	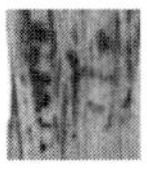 放·日乙 258B									
誙	 睡·語 12									97
訾	 里 8.198	 里 9.4								98
	 嶽四·律壹 262	 嶽五·律貳 333								
	 睡·秦種 126									
誇	 嶽一·為吏 42									99
詰	 里 8.231	 里 8.1953								101
	 嶽三·芮 80	 嶽三·得 184								

	 睡·封 2	 睡·日甲 143 背								
誅	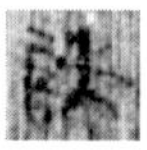 里 9.2261									101
與	 里 8.68 背	 里 8.668	 里 8.1057	 里 8.1557	 里 8.1603	 里 8.1770				106
	 嶽一·為吏 33	 嶽三·癸 57	 嶽三·癸 58	 嶽三·芮 77	 嶽三·魏152	 嶽三·得 178	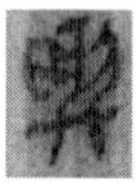 嶽三·學 211	 嶽三·綰 241	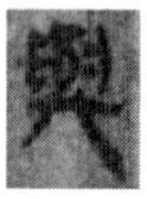 嶽三·綰 243	
	 嶽四·律壹 3	 嶽四·律壹 139								
	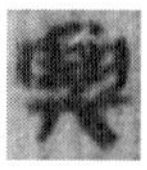 睡·語 10	 睡·秦種 32	 睡·秦種 81	 睡·效 19	 睡·法 172					
農	 嶽四·律壹 275									106
	 睡·秦種 144									
	 龍·175									

斬	 睡・為32									110
	 里9.739									
肆	 嶽一・為吏25									118
殿	 里8.1516	 里8.2186	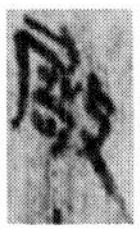 里8.2200	 里9.2858						120
	 嶽一・為吏87	 嶽五・律貳50								
	 睡・秦種14	 睡・秦雜10								
睘	 睡・日甲137背									133
雉	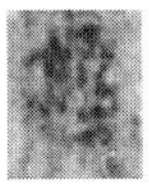 放・日乙221									143
	 里9.2076									

	 龍·34A	 龍·95								
雍	 睡·秦種 4									144
群	 里 8.94	 里 8.132								148
	 嶽一·為吏 23									
羣	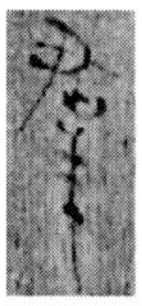 里 8.837	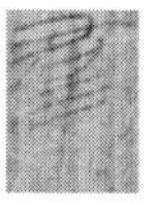 里 8.1777								148
	 嶽三·癸 19	 嶽三·尸 33	 嶽四·律壹 76	 嶽四·律壹 213	 嶽四·律壹 351					
	 睡·秦種 134	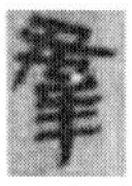 睡·效 34	 睡·日甲 3							
	 放·日乙 288									
	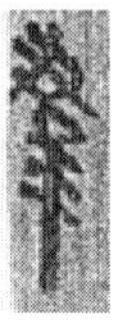 龍·90									

睢	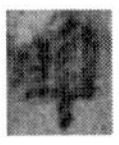 嶽三·得181									156
敫	 睡·日甲24背	 睡·日甲27	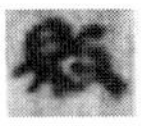 睡·日甲28	 睡·日甲87	 睡·日甲136	 睡·日乙31				162
臀	 睡·法25									170
腸	 嶽一·占夢26									170
	 放·日乙206									
	 周·310	 周·351								
腹	 里8.171	 里8.1718								172
	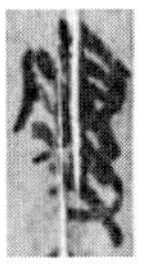 睡·日甲8背									
	 放·日乙235	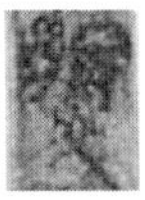 放·日乙343								

	 周·368									
剽	 睡·封21	 睡·日乙26	 睡·日乙30	 睡·日乙31						183
	 放·日乙338									
解	 里8.380	 里8.874	 里8.691	 里8.1076	 里8.2223	 里9.72	 里9.872	 里9.989	 里9.3232	188
	 嶽三·芮82	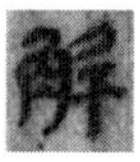 嶽三·田202	 嶽四·律壹365	 嶽五·律貳141	 嶽五·律貳221					
	 睡·秦種130	 睡·封70	 睡·日甲36							
	 周·191	 周·231	 周·241							
節	 里8.64	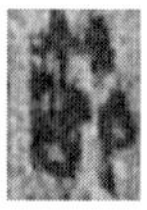 里8.169	 里8.1221	 里9.1504						191
	 嶽一·為吏26	 嶽一·占夢3	 嶽三·學230	 嶽四·律壹179	 嶽四·律壹221	 嶽五·律貳30				

	 睡・秦種197	 睡・效19	 睡・效54	 睡・法203	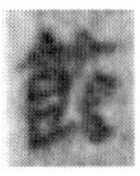 睡・日甲76	 睡・日乙139	 睡・日乙134	 睡・日乙187		
	 放・日乙293									
	 龍・214									
筮	 里9.1478									193
	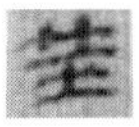 睡・日甲101	 睡・日乙126								
筥	 里8.900	 里8.1074	 里9.2027	 里9.14						194
箄	 嶽四・律壹346	 嶽五・律貳50								200
	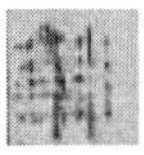 睡・日乙191									
	 里9.1114背	 里9.1141	 里9.2391							

號	嶽三·猩47									206
	里9.2012									
	睡·法98	睡·日甲138背								
鼓	里8.753									208
	嶽一·占夢36	嶽四·律壹215								
	睡·為22	睡·日甲133背	睡·日甲135背	睡·日甲138背						
	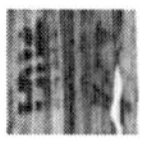放·日乙309									
虞	睡·秦種125									211
	里9.268	里9.452	里9.1411							

飽	 嶽一· 占夢 1									223
會	 里 8.24	 里 8.577	 里 8.12 58	 里 9.23 10						226
	 嶽一· 34 質 44	 嶽一· 34 質 60	 嶽四· 律壹 43	 嶽四·律 壹 233	 嶽五· 律貳 5					
	 睡·秦 種 187	 睡·法 153								
	 放·日 乙 139									
亶	 嶽一· 為吏 14	 嶽一· 為吏 44								233
嗇	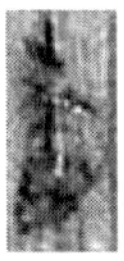 里 5.1	 里 8.141	 里 8.508	 里 8.568						233
	 嶽一· 為吏 9	 嶽三· 田 205	 嶽四· 律壹 56	 嶽四·律 壹 191						
	 睡·秦 種 136	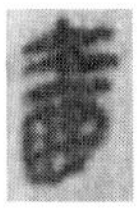 睡·秦 種 164	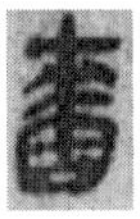 睡·效 27	 睡·效 42	 睡·效 52	 睡·秦 雜 39				

	 放·日甲13	 放·日甲15	 放·日乙15							
	 龍·39	 龍·64								
稟	 里8.45	 里8.217	 里8.448	 里8.1222	 里8.1238	 里8.56	 里8.1059	 里9.835		233
	 嶽四·律壹165	 嶽四·律壹267								
	 睡·秦種58	 睡·秦種93	 睡·效28	 睡·秦雜11	 睡·法153					
楢	 龍·38									243
楊	 嶽一·為吏79	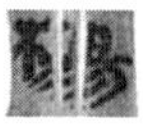 嶽三·善208								247
榆	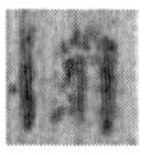 放·日乙129									249
	 睡·日乙67									

極	 嶽五·律貳 328									256
	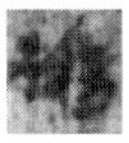 睡·封 3									
楗	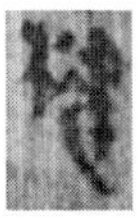 里 8.406									259
椯	 里 9.1618	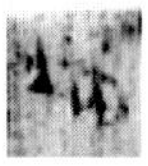 里 9.2470								265
	 嶽一·為吏 72	 嶽五·律貳 193								
榎	 里 8.1680	 里 9.497								265
楫	 嶽一·為吏 60									270
槎	 里 8.355									271
楬	 里 8.92									273
楚	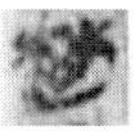 睡·日甲 64	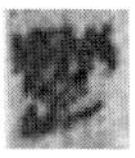 睡·日甲 66	 睡·日乙 243							274

園	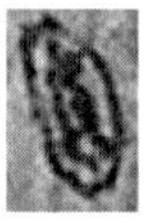 里 8.145	 里 8.454	 里 9.796	 里 9.22 89						280
	 嶽二・ 數 213	 嶽四・律 壹 340	 嶽四・律 壹 342	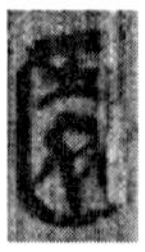 嶽五・ 律貳 35						
	 睡・秦 雜 21	 睡・秦 雜 20	 睡・為 34	 睡・日 甲 89 背						
	 放・日 甲 72									
	 龍・200									
賁	 周・320									282
資	 里 8.269	 里 8.429	 里 9.956	 里 9.22 21	 里 9.3					282
	 嶽一・ 占夢 11	 嶽一・ 占夢 12								
	 睡・日 乙 18									

	 放·日乙274	 放·日乙275								
賈	 里8.466	 里8.683	 里8.1047	 里8.2015						284
	 嶽一·為吏61	 嶽二·數152	 嶽三·尸40	 嶽三·芮63	 嶽三·芮76	 嶽五·律貳40	 嶽五·律貳41			
	 睡·效1	 睡·效58	 睡·法153	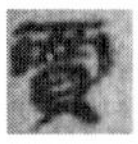 睡·日甲120						
	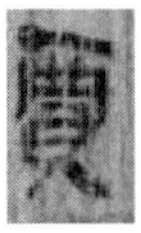 放·日乙271	 放·日乙288								
	 龍·37									
賃	 睡·為9									285
	 嶽五·律貳39	 嶽五·律貳40								
貲	 里6.32	 里8.60	 里8.213	 里8.284	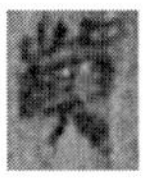 里8.353	 里8.667背	 里8.11	 里8.197背	 里8.232	285

	 里 8.300	 里 8.2294								
	 嶽三・癸 15	 嶽三・癸 30	 嶽四・律壹 2	 嶽四・律壹 29	 嶽四・律壹 54	 嶽四・律壹 277	 嶽五・律貳 47			
	 睡・秦種 178	 睡・效 3	 睡・效 43	 睡・秦雜 2	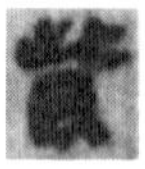 睡・秦雜 33	 睡・法 8				
	 龍・53	 龍・64								
遊	 睡・日甲 121 背									314
盟	 睡・為 48									317
虜	 里 8.757									319
	 嶽四・律壹 213									
牏	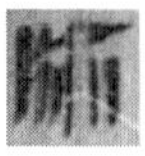 睡・秦種 125									321

牒	 嶽五・律貳 60									321
	 里 9.1174	 里 9.1284								
鼎	 嶽五・律貳 142									322
稙	 嶽四・律壹 372									324
	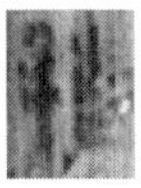 放・日乙 161									
稠	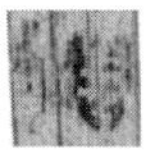 睡・封 78									324
稗	 嶽五・律貳 253									326
	 睡・秦種 83									
	 龍・10A									
粱	 睡・葉 29	 睡・日甲 10 背								333

	 里 9.11 13 背									
粱	 里 8.145	 里 8.13 40	 里 8.805	 里 8.16 31						334
	 嶽二・ 數 87	 嶽四・ 律壹 60	 嶽五・ 律貳 11	 嶽五・ 律貳 27	 嶽五・ 律貳 73					
	 睡・秦 種 35	 睡・秦 種 43	 睡・秦 種 134							
索	 里 8.63 背	 里 8.17 75	 里 8.18 41	 里 8.19 13	 里 9.698	 里 9.713	 里 9.31 66			345
	 嶽一・ 為吏 68	 嶽三・ 芮 80								
	 睡・效 25	 睡・封 64	 睡・為 13							
窨	 睡・日 乙 5	 睡・日 乙 17	 睡・日 乙 26	 睡・日 乙 28	 睡・日 乙 30					349
窣	 嶽三・ 猩 47	 嶽三・ 猩 48								349

痹	 放・日乙 239									354
罪	 里 8.755	 里 8.811	 里 8.884	 里 9.327	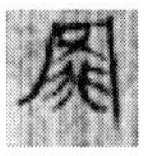 里 9.2302					359
	 嶽一・為吏 87	 嶽四・律壹 16	 嶽四・律壹 22	 嶽四・律壹 73	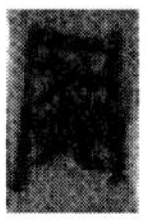 嶽四・律壹 77					
	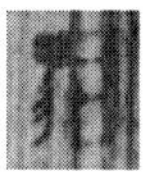 放・日甲 14									
	 龍・42A	 龍・44								
置	 里 8.1271	 里 9.493								360
	 嶽二・數 133	 嶽二・數 156	 嶽二・數 197	 嶽三・芮 67	 嶽四・律壹 207	 嶽四・律壹 218				
	 睡・秦種 5	 睡・秦種 160	 睡・秦種 195	 睡・秦雜 6	 睡・為 46	 睡・日甲 86				
	 放・日甲 73	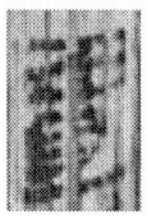 放・日乙 65								

	 龍・103									
	 周・372	 周・328	 周・342	 周・377						
署	 里 8.63	 里 8.64 背	 里 8.140	 里 8.750	 里 8.15 88	 里 9.2 背	 里 9.11 74			360
	 嶽四・律壹 186	 嶽四・律壹 281	 嶽四・律壹 357	 嶽五・律貳 60						
	 睡・秦雜 34	 睡・秦雜 40	 睡・法 197	 睡・為 20						
縢	 嶽三・魏162									364
幏	 里 8.998									364
晢	 放・日甲 27	 放・日乙 225	 放・日乙 230							367
傳	 里 8.255	 里 8.461	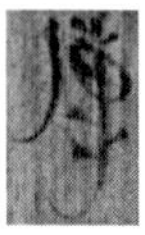 里 8.564	 里 8.10 38	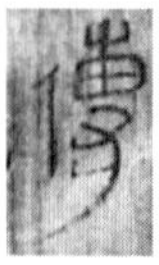 里 8.54	 里 8.416	 里 8.673 背	 里 9.837		381

	 嶽一·為吏 62	 嶽四·律壹 109	 嶽四·律壹 200	 嶽五·律貳 33						
	 睡·語 8	 睡·秦種 46	 睡·秦雜 8	 睡·法 184						
	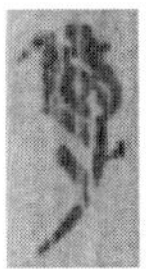 龍·2	 龍·3	 龍·4	 龍·10A						
	 周·318	 周·319	 周·320							
僞	 里 8.1263									382
傷	 里 8.1057	 里 8.1600	 里 9.2059							385
	 嶽一·為吏 71	 嶽三·尸 33	 嶽三·同 147	 嶽四·律壹 13						
	 睡·秦種 2	 睡·秦種 106	 睡·秦雜 27	 睡·法 44	 睡·法 98	 睡·日甲 45 背	 睡·日甲 49 背	 睡·日甲 110 背	 睡·日乙 112	
	 放·志 1									

	 龍・106	 龍・109								
僂	 嶽一・為吏22	 嶽一・為吏38								386
	 睡・為22	 睡・日甲97背								
	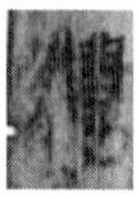 放・日乙206	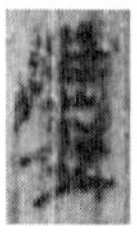 放・日乙220	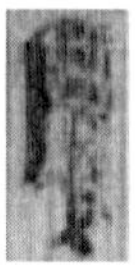 放・日乙239							
腦	 睡・封57									389
裏	 睡・封82	 睡・封85								394
	 里9.731									
	 嶽四・律壹167									
	 周・354									

裂	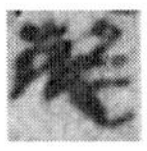 睡・法 80									399
裝	 里 8.735									400
褱	 里 8.21 86									400
補	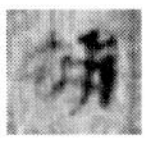 里 9.11 45	 里 9.21 58								400
衺	 嶽四・律壹 384	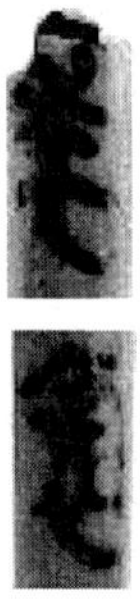 嶽四・律壹 385								402
	 睡・日乙 189									
歍	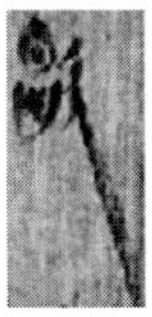 里 8.755 背	 里 8.759								415
歐	 嶽四・律壹 372									417

羑	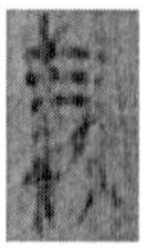 龍(木)·13									418
旣	 放·日乙 20									419
頎	 里 9.728									422
煩	 里 8.63									426
	 嶽五·律貳 67									
	 睡·為 13	 睡·日乙 183	 睡·日乙 187	 睡·日甲 75	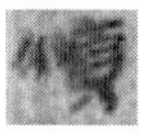 睡·日甲 77					
剸	 嶽三·田 195									428
髡	 睡·法 103									433
絜	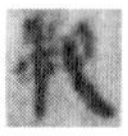 睡·封 53									435
	 放·日乙 136	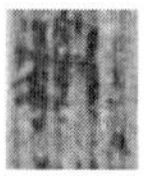 放·日乙 343								

辟	 里 8.69	 里 8.680	 里 9.21	 里 9.207	 里 9.483	 里 9.1882 背				437
	 嶽三・癸 3	 嶽四・律壹 137	 嶽四・律壹 140							
	 睡・秦種 185	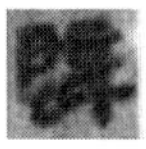 睡・秦雜 4	 睡・日甲 96 背	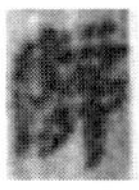 睡・日甲 97 背	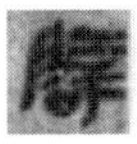 睡・日甲 162 背					
	 放・日乙 4									
	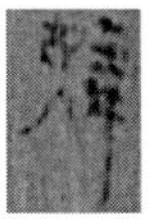 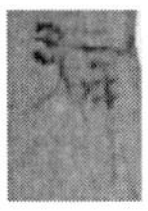 龍（木）・13									
	 周・144	 周・368								
敬	 里 6.16	 里 8.221	 里 8.644	 里 8.659	 里 8.2246	 里 9.1 背	 里 9.2 背			439
	 嶽一・為吏 28	 嶽一・為吏 32	 嶽一・為吏 63	 嶽四・律壹 177	 嶽五・律貳 30	 嶽五・律貳 31	 嶽五・律貳 199			

	 睡・秦種 196	 睡・為 49								
	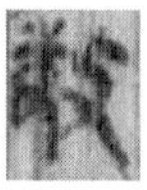 放・日乙 259+245	 放・志 5								
廉	 里 8.1238	 里 8.1557								449
	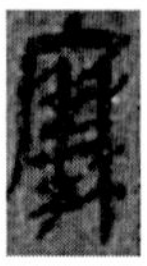 嶽一・為吏 29	 嶽一・為吏 51								
	 睡・語 10	 睡・為 9								
肆	 嶽三・芮 62	 嶽三・芮 71	 嶽三・芮 78							457
	 睡・日乙 191									
狠	 里 8.1519	 里 9.15	 里 9.1645							460
	 嶽一・為吏 69	 嶽一・為吏 71	 嶽四・律壹 130							

	睡・秦種 8	睡・秦種 74								
彙	里 9.2622	里 9.490								461
貀	龍・34A									463
貉	睡・法 195	睡・日甲 90 背								463
貤	龍・54	龍・63								471
鼠	里 8.1057	里 8.1242	里 9.1128	里 9.1134	里 9.1269					483
	嶽三・癸 6	嶽三・癸 7	嶽三・芮 68	嶽三・芮 69						
	睡・秦種 42	睡・秦種 73	睡・法 140	睡・法 152	睡・日甲 98 背					

	 放·日甲30A+32B	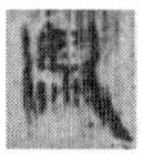 放·日甲73	 放·日乙65							
	 周·371									
靖	 放·日乙64	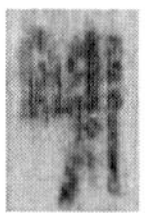 放·日乙232								504
意	 里8.771背	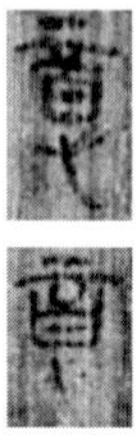 里8.1446背	 里8.1525	 里8.2084	 里9.1419背					506
	 嶽一·為吏67									
	 睡·法29	 睡·封82	 睡·日甲83	 睡·日乙83						
慎	 里8.1443									507
	 嶽一·為吏41	 嶽一·為吏75								

	 睡・秦種196	 睡・為3	 睡・為50							
愛	 里8.567									510
	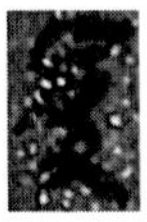 嶽一・為吏9	 嶽一・為吏64	 嶽一・占夢26	 嶽五・律貳199						
	 睡・為51	 睡・日甲153	 睡・日甲161背	 睡・日乙100						
感	 里8.45	 里8.211	 里8.1192	 里8.1286	 里8.48	 里8.520	 里9.577			517
	 嶽三・芮68	 嶽三・芮71								
慍	 里8.669背	 里8.1221	 里9.1099							524
	 周・311	 周・313	 周・317	 周・324						
溥	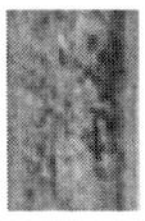 放・日乙295									551

滔	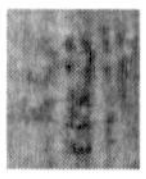 放・日乙 268									551
滂	 里 8.63									552
淵	 嶽一・占夢 29									555
滑	 里 8.48	 里 9.33 背	 里 9.1091							556
溝	 嶽一・占夢 22									559
	 睡・為 16									
溲	 里 8.793									566
雷	 睡・日甲 125 背									577
零	 里 5.1	 里 8.375	 里 8.519	 里 8.1886						578
聘	 里 8.569	 里 9.17								598

聖	 嶽一·為吏 85									598
	 睡·語 1	 睡·為 45	 睡·日甲 142	 睡·日乙 238						
	 放·日乙 332									
損	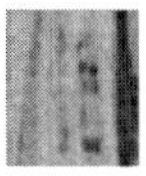 放·日乙 339									610
搒	 嶽三·得 179									616
嫁	 嶽五·律貳 4	 嶽五·律貳 14								619
	 里 9.209									
	 睡·秦種 1	 睡·日乙 56	 睡·日乙 155							
	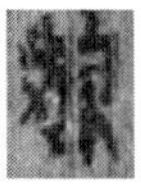 放·日乙 258A+371									
	 周·141									

婼	 里9.1111									625
賊	 里8.574	 里8.2313								636
	 嶽一·為吏12	 嶽四·律壹60	 嶽四·律壹225	 嶽五·律貳289						
	 睡·法86	 睡·法98	 睡·為25							
	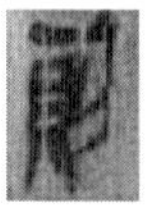 放·日乙277									
	 龍·18	 龍·123								
義	 里8.135	 里8.1007	 里8.2370	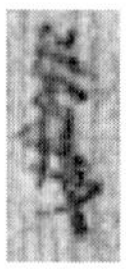 里9.348	 里9.1411					639
	 嶽三·同143	 嶽四·律壹201								
	 睡·秦種27	 睡·為11								

瑟	 里 9.2672									640
甄	 里 8.31	 里 8.780	 里 8.1143							644
經	 睡・為 41									650
	 放・日乙 3									
綏	 嶽三・同 149									668
蜀	 里 8.660 背	 里 8.1041	 里 9.50	 里 9.450 背						672
	 嶽五・律貳 33	 嶽五・律貳 45								
	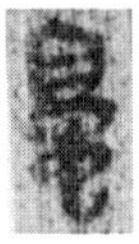 睡・封 46									
塞	 睡・為 16									696

	 嶽四·律壹 101	 嶽四·律壹 188	 嶽四·律壹 189	 嶽五·律貳 170	 嶽五·律貳 218					
	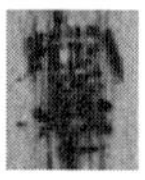 放·日甲 73	 放·日乙 65								
	 周·353	 周·378								
毀	 嶽二·數 86	 嶽二·數 102								698
	 睡·秦種 43	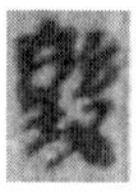 睡·秦種 106	 睡·秦種 148	 睡·日甲 28 背	 睡·日乙 195	 睡·日乙 196	 睡·日甲 43 背	 睡·日甲 61	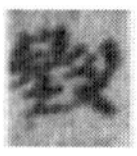 睡·日甲 62	
	 放·日乙 242									
畸	 里 8.118	 里 8.864	 里 8.1280	 里 9.53	 里 9.1429	 里 9.2287				702
	 睡·為 11									
當	 里 5.1	 里 8.98	 里 8.175	 里 8.665	 里 8.1201	 里 9.1264	 里 9.502			703

	 嶽一·35質2	 嶽一·為吏30	 嶽三·癸13	 嶽三·猩60	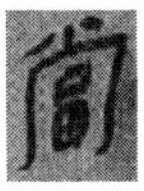 嶽三·芮65	 嶽五·律貳15				
	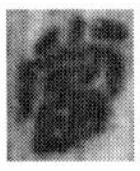 睡·語13	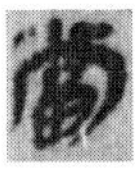 睡·秦種23	 睡·秦種136	 睡·秦種109	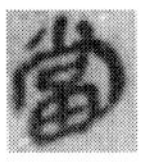 睡·效43	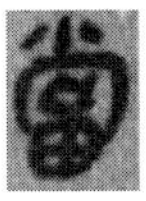 睡·效58	 睡·法12			
	 龍·3	 龍·42A	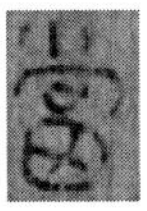 龍(木)·13							
	 周·132	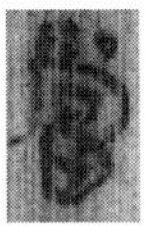 周·200								
募	 里8.132	 里9.1247								707
	 嶽三·猩48	 嶽三·猩55	 嶽四·律壹260							
	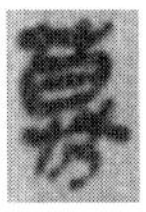 睡·秦雜35									
勢	 里8.2089									707
	 睡·為5									

鈹	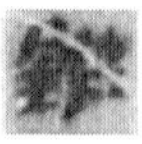 睡・法 85									713
鈂	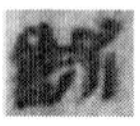 睡・法 86									713
鉗	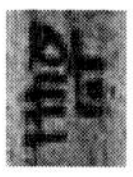 嶽五·律貳 223									714
鉦	 嶽四·律壹 215									715
	 里 9.1649									
新	 里 8.649	 里 8.1206	 里 8.1677	 里 9.1021						724
	 嶽一・占夢 14	 嶽二・數 34	 嶽二・數 108	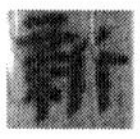 嶽三・魏157	 嶽三・學 220	 嶽五・律貳 30	 嶽五・律貳 39	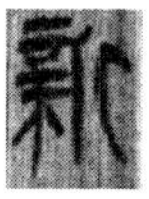 嶽五・律貳 40	 嶽五・律貳 54	
	 睡·葉 7	 睡・秦種 31	 睡・效 20	 睡・效 32	 睡・秦雜 18	 睡・封 83	 睡・日甲 26			
	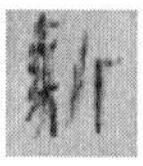 放・日甲 69	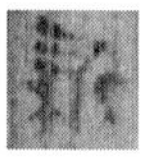 放・日乙 272								
	 周·314									

輅	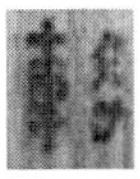 放・日乙 278									729
軵	 里 9.50 背									732
載	 里 8.73	 里 8.162	 里 8.1525	 里 9.53						734
	 嶽一・為吏 71	 嶽三・猩 48	 嶽四・律壹 128	 嶽五・律貳 46						
	 睡・秦種 125	 睡・秦雜 8								
隗	 周・336									739
隕	 放・日乙 232									740
隔	 嶽四・律壹 295									741
萬	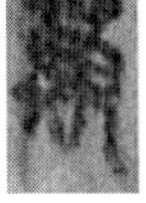 里 8.423	 里 8.517	 里 8.552	 里 8.1052						746

	 嶽二·數 70	 嶽二·數 189	 嶽三·癸 22	 嶽三·學 212						
	 睡·秦種 25	 睡·效 27	 睡·效 38	 睡·為 51						
	 放·日乙 204									
亂	 嶽五·律貳 82	 嶽五·律貳 84								747
	 里 9.1723									
	 睡·為 27									
	 周·191									
皐	 嶽三·癸 10	 嶽三·癸 28	 嶽三·芮 76	 嶽四·律壹 217	 嶽五·律貳 24	 嶽五·律貳 27	 嶽五·律貳 33	 嶽五·律貳 43		748
	 里 9.2287									

	 睡·語 7	 睡·秦種 135	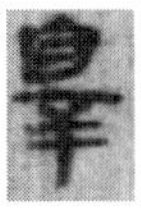 睡·秦種 191	 睡·效 1	 睡·法 140					
	 放·日乙 243	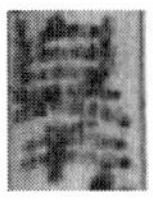 放·日乙 303B+289B								
	 周·326	 周·338								
孱	 里 8.467									751
鈷	 里 8.1798									
貉	 里 8.1437 背									
裝	 里 8.1143									
褱	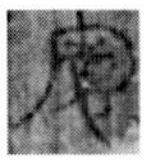 里 8.472	 里 8.987								
衛	 里 8.322	 里 8.845	 里 8.927	 里 9.1245	 里 9.3331	 里 9.126				

	 嶽五·律貳 199								
庫	 里 8.217								
蓺	 里 8.149								
	 睡·為 16	 睡·日甲 49	 睡·日乙 15	 睡·日乙 23	 睡·日乙 129				
	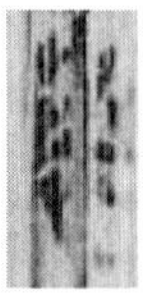 放·日乙 362								
	 山·2	 山·2							
塗	 嶽一·為吏 21	 嶽一·為吏 76							
窖	 嶽一·為吏 75								
轂	 嶽三·癸 23	 嶽三·得 177	 嶽四·律壹 25	 嶽四·律壹 38	 嶽五·律貳 59				

	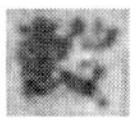 睡・秦種 136	 睡・法 132	 睡・日乙 18							
	 放・日甲 20	 放・日乙 20								
	 周・28	 周・139	 周・244							
偂	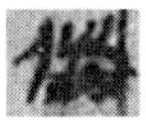 里 8.140	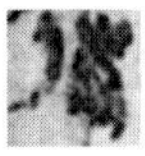 里 8.2101								
	 睡・秦種 125									
㲉	 嶽三・同 148									
詢	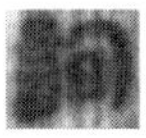 睡・語 12									
柔	 睡・秦種 34									
愈	 睡・秦種 81									
幏	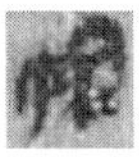 睡・秦種 91									

	 周·349	 周·352								
擊	 睡·法90									
暋	 睡·為10	 睡·為6								
閜	 嶽四·律壹172									
暈	 嶽四·律壹127									
㝅	 嶽四·律壹140									
	 睡·日甲143	 睡·日甲145								
腞	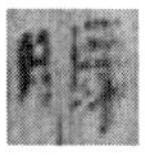 放·日乙270									
痽	 放·日乙217									
霎	 放·日乙294									

⿰⿱竹卩欠	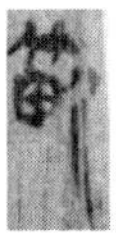 周・374									
蔑	 周(木)・1背									
⿰飠末	 周・373									
搕	 周・336									
⿱宀即	 周・223									
楟	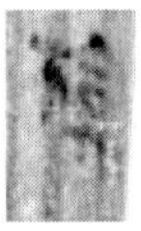 里9.647									
熯	 里9.1630									
瞍	 里9.1086									
⿰糸聿	 里9.2303									
薏	 里9.2216									

菽	 里9.564									
廮	 里 9.2289									
椴	 里 9.1850									
	 里 9.1842									
飽	 里 9.19背									
餘	 里 9.3345									
脊	 里9.145	 里 9.1164	 里 9.1165	 里 9.1555						
陰	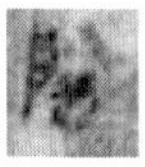 里 9.1111	 里 9.1292								
勛	 里 9.1060									
猺	 里 9.1426									

璋	 里 9.2180									
⿸广豦	 里 9.3186									
⿰粦卂	 里 9.2133									
庫	 里 9.3332									
逯	 里 9.2287	 里 9.2044								
遒	 里 9.2346									
椯	 睡·日甲 127 背									
⿰立奇	 睡·日甲 154 背									
葉	 睡·日甲 142 背									

憂	 睡·日乙47	 睡·日乙48								
㥑	 睡·日甲86背									